Thierry Colombié

POLAR VERT

1. LA MALÉDICTION DE L'OURS

milan

Précédemment dans la Saison I de *Polar Vert*...

Mêlée à un trafic international de civelles (alevins d'anguilles), Klervi est contrainte de participer à son démantèlement pour échapper à la prison. Si elle fait ses preuves, les gendarmes lui promettent le statut de repentie et une nouvelle vie, loin de sa Bretagne.

La voilà transformée en espionne, pour le compte de Marceau et Victoire, deux agents très spéciaux de la police judiciaire. Jetée dans le grand bain, sans aucune formation, Klervi doit se débrouiller pour recueillir des informations au sein même de la famille de son amoureux, Lucas. Au risque d'envoyer celui-ci en prison...

Si elle accepte ce double jeu, c'est pour faire toute la lumière sur les circonstances troubles de la mort de son cheval, et sur l'accident dont a été victime son frère jumeau, Jez, plongé dans le coma...

Plus Klervi avance dans son enquête, plus elle prend conscience que la nature doit être protégée, plus elle est fière d'y participer en revêtant sa cape invisible d'espionne. Mais elle va être confrontée à de nombreux périls : guet-apens, vol, meurtre, arrestation, kidnapping… jusqu'à ce qu'elle se retrouve saine et sauve dans les Pyrénées, au pays de l'ours brun.

Pourtant au fond d'elle, Klervi garde un rêve secret : retrouver Lucas et partir avec lui à l'autre bout du monde.

« Un seul ours debout peut faire se lever le vivant tout entier derrière lui. »

Baptiste Morizot, *Sur la piste animale*,
Actes Sud, 2018

CHAPITRE 1

AU VERT

La sueur dégouline dans mon dos. Quatre heures de marche, à monter en lacets, sous les hêtres et chênes défeuillés, puis entre les pins. À jouer à cache-cache avec le soleil d'avril, déjà chaud et brillant. À chercher des bêtes à cornes, surprendre des oiseaux aux grandes ailes. À suivre les cortèges de lichens et de mousses, enjamber cailloux et bois morts, longer torrents et cascades. Des heures à pousser sur un bâton en noisetier, presque aussi grand que moi, sur lequel mon guide a gravé cinq griffes d'ours et mon initiale : C. Des heures à suivre les pas de Peyo, à me retourner régulièrement pour m'assurer que Bulle suit ma trace. Et sans rien dire à voix haute, surtout pas !

Peyo nous a prévenues lorsque nous sommes entrées sous la forêt, avant que ne sonne midi au clocher d'un lointain village. Nous, les deux « étrangères » de la vallée, les deux volontaires de l'association Nature & Pyrénées sauvages. Tout en s'assurant que nos sacs étaient bien accrochés sur notre dos, l'enfant du pays s'est appuyé sur son bâton et nous a averties :

– Les filles, à partir de maintenant, on murmure, on ne parle plus. Au mieux, on se fait des signes. En montagne, le bruit est l'ennemi du sauvage, compris ?

Je croyais que c'était l'homme…

Chaque pas est comme la marche d'un escalier qui monte vers un ciel aussi bleu que la mer de mon enfance, celle que j'ai quittée en catastrophe il y a six semaines. Ma baie de Pont-Mahé. Chaque pas est un effort de géant pour me faire oublier jusqu'à mon prénom, mon frère jumeau Jez, Lucas mon amour, sa famille, la mienne, mes amis. Ma vie d'avant entre Pénestin, Guérande et Pornichet, que j'ai quittée sans laisser d'adresse, la rage au ventre, des larmes plein les yeux[1].

Je n'ai pas eu le choix.

Je transpire à grosses gouttes, serre les dents. Malgré son train d'enfer, je ne lâche pas d'une semelle notre guide pyrénéen, bientôt quinze ans mais déjà fort comme un bœuf, beau comme un dieu avec ses longs cheveux aux boucles de miel. Bulle et moi, on n'a pas arrêté de le croiser au camping, où il vient donner un coup de main à son père quand il n'a pas classe. Et il nous a vite repérées. Bon, il faut avouer qu'en cette saison, il n'y a pas foule. Pour briser la glace, il a proposé de nous accompagner en montagne ce week-end, et de nous inculquer les rudiments du monde sauvage. Irrésistible, et puis, on aurait pu tomber plus mal.

Je lève haut mes genoux, évite de glisser sur les plaques de neige gelée, imagine qu'en montant tout là-haut, à plus de

1. Voir *Polar vert*, Saison 1, tome 2 : *Anguilles sous roches*, éditions Milan, 2022.

deux mille mètres d'altitude, je vais renaître. Me reconnecter à l'essentiel en affûtant mes cinq sens, tel un animal sauvage en mode survie.

Je n'ai pas le choix, c'est une question de vie ou de mort.

Marceau, mon ex-agent traitant, mon nouvel ange gardien revenu dans sa vallée, et moi avons peaufiné ma « légende », celle qui va me permettre de passer sous les radars pendant mon séjour de huit mois dans ce village, officiellement pour effectuer mon service civique… J'ai à peine dix-huit ans, j'adore la nature, la montagne. Un jour, je serai inspectrice de l'environnement. Gardienne de la planète, la devise de Marceau en tête : « Discrétion, nature, sagesse ».

– Claire ?

Je lis sur ses lèvres. L'avantage avec mon nouveau prénom, c'est qu'il est proche de l'ancien, Klervi. C'est déjà ça de gagné. Depuis que j'ai quitté mon nid breton, Marceau m'a toujours appelée Claire, insistant pour que j'oublie le « vi ».

C'est une question de survie.

Peyo s'est arrêté près d'un sapin, du doigt il indique des pointes de métal, du fil barbelé attaché à l'arbre.

– C'est un arbre magique. On l'appelle comme ça car les ours viennent s'y frotter, déposer leur odeur. C'est comme ça qu'ils se connectent, mâles, femelles, tu vois le topo ?

Peyo frotte son dos contre le mien, je lui donne une tape amicale sur l'épaule. Il grogne, me fait ses yeux de biche, il donnerait presque la patte pour que je le câline même si je sens bien que c'est Bulle qui l'intéresse, pas moi. Je jette un coup d'œil vers le chemin, toujours pas de Bulle. Elle doit prendre des photos, c'est son kiff.

– Et le fil de fer, il sert à quoi ?

– À récupérer les poils. Les gars du réseau Ours brun les collectionnent, ça leur permet de savoir quel animal se gratte le dos. Du coup, on peut les suivre à la trace.

– Je croyais que les ours portaient des colliers GPS !

– Non, les ours slovènes, ceux qui ont été importés, les ont perdus. Les chiens de chasse, ils ont tous des colliers, pas les ours, la vérité.

Peyo finit souvent ses phrases par « la vérité », comme un point final que personne ne pourrait contester. Alors que j'observe une touffe de poils gris, il me murmure à l'oreille que nous sommes surveillés. Je bondis. Il se retient de rire, avant de me montrer le tronc d'un hêtre situé à cinq mètres environ. Je m'approche, ne vois rien, pendant qu'il s'amuse à faire des grimaces dans mon dos. Sa cicatrice, sur la joue gauche, lui donne un air canaille qui ne me laisse pas insensible.

– Tu fais quoi au juste ?

– Je fais un selfie avec toi, pouffe-t-il. Regarde, là…

J'aperçois un boîtier vert accroché au tronc. Peyo nous avait alertées : « Vous ne les verrez pas, mais eux, ils vous auront à l'œil, la vérité. » Eux, les appareils photo et caméras automatiques qui shootent tout ce qui passe devant leur objectif. Des appareils numériques posés sur les sentiers par le réseau Ours brun. Une bande de cinq cents bénévoles, accompagnée d'une poignée de professionnels de l'Office français de la biodiversité, tous concentrés sur le va-et-vient des ours d'une vallée à l'autre. Entre l'Andorre, l'Espagne et la France. Ils récoltent des indices de présence pour tout connaître des plantigrades, de leur alimentation à leurs ébats sexuels.

Jamais un animal n'a été aussi surveillé sur le sol français, ni aussi controversé. Marceau m'a même confié que c'est le président de la République qui gère le dossier depuis son bureau, un dossier classé « secret-défense ». C'est aussi l'Élysée qui a nommé un « préfet ours ». Unique au monde ! Et si mon ex-agent traitant le dit, je le crois, lui qui a été appelé en renfort dans sa vallée natale pour participer à une drôle d'enquête…

Fin février, quelques jours après que Marceau m'a sauvée la vie au pied du barrage d'Arzal, les Pyrénées se sont enflammées à la suite de la mort par balle de Mohican, le dernier descendant, par sa mère, de la lignée des ours pyrénéens. Le tueur ne s'est pas rendu à la première gendarmerie, il court toujours. Pendant que des manifestants battaient le pavé à Toulouse, Pau, Lille et même Barcelone et Rome, une vidéo a été publiée sur YouTube, avant d'être partagée sur les réseaux. À l'image, une quinzaine d'individus cagoulés, des fusils en main, et une banderole : « Ours dehors, homme debout ». Et aussi des propos très durs contre « le chasseur Mohican », accusé d'avoir « assassiné » trois brebis dans une bergerie. De semer la terreur tous les printemps, comme autant de graines de discorde.

La bravade a fait le tour du monde en quelques heures, diffusée d'un côté par des anti-ours applaudissant la détermination des Belles Demoiselles – c'est ainsi que les cagoulés se font appeler –, de l'autre par des pro-ours émus par la perte du dernier des Mohicans. Et révoltés par la promesse de renvoyer le « préfet ours » à Paris à coups de fusil, si Mohican était remplacé par un plantigrade slovène.

Voilà pourquoi Marceau a été appelé en renfort : pour faire parler les langues, identifier les Belles Demoiselles et les envoyer direct en prison pour avoir menacé un préfet. Et peut-être éliminé Mohican du massif franco-espagnol. Il m'a fait jurer de ne pas en parler, preuve absolue de la confiance qui scelle nos deux légendes à la promesse faite à mes parents : assurer ma sécurité pendant ma mission chez Nature & Pyrénées sauvages.

Coûte que coûte.

Ne suis-je pas recherchée par les braconniers de l'ouest de la France et tous les trafiquants de civelles, comme le présume Marceau ? Lors de ma garde à vue à Paris, après l'arrestation du clan Royer, le gendarme a été direct : « Ils feront le vide autour de toi, pour que tu souffres le plus possible… Ils s'attaqueront à tous tes points faibles. »

À ma jeunesse, à mon Jez, et peut-être à mon Lucas, isolé dans une prison dont je ne connais ni l'adresse, ni la réputation…

Et à qui d'autre, encore ?

Bulle nous rejoint enfin d'un pas lourd, les joues rougies par l'effort. Peyo s'attarde sur ses Rangers noires et boueuses, de grosses chaussettes rouges serrent le bas de son pantalon pour empêcher les tiques de la piquer. Il lève les yeux au ciel. Comme le silence est ici la règle, tout se joue d'un regard, d'un haussement de sourcils, d'un mouvement de lèvres. En entortillant une mèche de ses cheveux aujourd'hui bleus – hier, ils étaient rouges –, Bulle tire la langue à notre guide. Peyo sourit. Fier de l'avoir mouchée.

Mille mètres plus bas, il l'a chambrée en la regardant de haut en bas comme si elle sortait d'un défilé de mode : Rangers cirées, pantalon moulant noir et blanc, blouson vert fluo, trop ample pour sa fine silhouette, bonnet jaune. Bulle a juste haussé les épaules lorsque Peyo lui a dit qu'il fallait se fondre dans la nature, pas faire sa mouche dans un verre de lait. Malgré son objection, elle a enfilé la veste imperméable kaki qu'il lui a tendue.

Quelque part dans la forêt, un pic perfore l'écorce d'un arbre pour y trouver une larve de capricorne. Peyo l'écoute un temps long avant de montrer le fil barbelé à Bulle.

– Ce sont les poils de Mohican ? dit-elle de sa voix enrouée.

– Chut, on parle pas à voix haute, combien de fois il faudra que je te le dise ?

– Oh ça va !

– Oh, vous avez fini de vous chamailler ?

Ils n'arrêtent pas de se taquiner, tous les deux, et moi, comme une imbécile, je fais la gendarme. Je prends trois poils que je dépose délicatement au creux d'une feuille de papier. Relever un maximum d'indices, ça peut toujours servir.

– Ne me parle pas de Mohican, ajoute Peyo en levant le menton, celui-là, il a bien fait de se les prendre, les balles…

Je me rends compte que c'est la première fois que l'on aborde le sujet depuis que Bulle et moi avons entamé notre service civique. Le 1er avril, il y a tout juste deux semaines. Peut-être parce que Peyo nous a montré le fusil qu'il utilise pour aller chasser avec son père, et que cela nous a intimidées ? Ou parce que le sujet fait l'objet de vives oppositions dans la vallée ?

Les yeux vairons de Bulle, un iris vert, l'autre bleu, s'assombrissent soudain. Elle sort tout juste d'une grosse dépression, et un rien la fait se cabrer.

– Il t'a fait quoi, à toi, Mohican ?

– T'es un peu lourd, là, non ? j'abonde.

Peyo meurt d'envie de répondre à Bulle, mais il n'a pas envie de s'attirer les foudres de celle qu'il convoite. Ça crève l'écran.

– Qu'est-ce que tu as à dire ? insiste Bulle. T'es pas assez grand pour te défendre tout seul ? Ou bien tu fais partie des Belles Demoiselles toi aussi ?

– N'importe quoi, et puis arrête de parler si fort…

Elle lui attrape le bras.

– Attends, elle murmure en approchant les lèvres des siennes. Tu as déjà vu un ours ?

Malgré sa petite taille, Bulle lui tient tête, le menton haut.

– Non, et je m'en fous…

– Donc si on croise celui qui a laissé ses poils, là, dis-je en montrant le sapin, tu le tues, c'est ça ?

Je suis atterrée par son aplomb.

– Avec ton truc et ton couteau, peut-être ? ajoute Bulle en le fixant pour l'empêcher de regarder ailleurs que dans ses yeux. Pourtant, hier, tu m'as promis qu'on pourrait en voir un, non ? Franchement, y a quelque chose qui m'échappe, là…

– C'est pour vous que je suis monté…

– Pas pour nous, mais juste pour toi, affirme-t-elle. Pour grandir un petit peu, quitter les jupons de ta mère, les jurons de ton père. Au fait, ils savent que tu es parti avec les deux étrangères qui sont volontaires dans un repaire d'écolos pro-ours ?

Peyo encaisse, Bulle vient de marquer un point. Lorsque l'ancienne star des réseaux joue de ses yeux vairons, personne ne lui résiste.

– Tu rêves de le voir, le nargue-t-elle, son nez maintenant contre le sien. Ça se voit dans tes yeux. Tu fais le malin, avec ton fusil, ton discours à deux balles, mais t'en meurs d'envie, avoue…

Elle joue avec les mots, il meurt d'envie de l'embrasser. Va-t-il lui voler dans les plumes ou un baiser ?

– On y va, dit-il en détournant son visage d'ange. Il est déjà quinze heures, on doit grimper encore vingt minutes pour rejoindre le premier gros point d'observation…

– Pour voir le roi de la forêt !

– Personne ne le voit la première fois, rétorque-t-il, mais avec un peu de chance…

Bulle me sourit, ravie de son effet sur Peyo.

Depuis l'aube, elle ne me lâche pas des yeux, elle adore ça, que nos regards ne fassent qu'un. Cherche-t-elle une âme sœur, une alliée face à Peyo qui ne sait pas sur quel pied danser ? Il est fier d'avoir son permis de chasse, son fusil, de traquer isards et cerfs, et pourtant on sent chez lui un fort penchant pour le sauvage, un grand respect pour la montagne qu'il semble bien connaître. Comment peut-il à la fois tuer et aimer ? Pourquoi maudire l'ours à ce point ? Peyo n'est pas à une contradiction près, tout comme Bulle…

Bâtons en main, nous grimpons dur sous le soleil qui nous éblouit. Le fond de l'air est frais, même si depuis trois jours la température monte en flèche. Très vite, Peyo et moi enlevons nos vestes de randonnée et marchons bras nus. Les sacs à dos se font lourds. « On se croirait au début de l'été », murmure Peyo. S'il reste quelques plaques de neige sur le versant nord, le vert a chassé le blanc pour le plus grand bonheur de la flore et de la faune sauvages.

Lors de notre première réunion à l'association, Bernat, le directeur, nous a confirmé que les soixante-dix ours et oursons sont sortis de leur tanière début février, réchauffement climatique oblige. Presque tous repérés par leurs indices de présence, des poils aux crottes laissées derrière leurs grosses pattes. Le printemps leur offre de quoi se remplir la panse, racines, herbes, fruits secs et cadavres congelés, notamment des chevreuils, isards ou sangliers qui ont chuté ou déroché au cours de l'hiver.

Affamés, les mâles tapent sur tout ce qui bouge, des brebis bien grasses et plus rarement des chevaux. Les mères, elles, veillent sur leur progéniture, surtout les petits nés dans la tanière, qui ressemblent à de grosses boules de poils. Allons-nous voir ou croiser un ours affamé, une ourse suitée de ses oursons ?

Pour l'instant, les fleurs me tendent les bras.

Ne connaissant pas encore la flore des Pyrénées, j'utilise une application géniale, qui a été développée par mon ami Jéhan[2]. Il suffit de prendre la plante en photo, et hop, les informations s'affichent sur l'écran. Bernat m'a prêté le téléphone portable de l'association, une petite exception à la règle que Marceau m'a pourtant imposée : « Pas de téléphone, pas de réseaux sociaux, rien qui puisse te localiser ou t'identifier, OK ? »

Le long des chemins, à l'abri des chênes, hêtres et autres bouleaux, je croque dans mon carnet une vingtaine d'espèces sous le doux feu du soleil. De la violette blanche, très rare, à la gentiane printanière, aussi violette que la pervenche, je parfais ma connaissance des plantes sauvages comestibles et médicinales entamée en Bretagne. L'un de mes objectifs de volontaire est de réaliser un petit guide pour enfants sur la flore de la vallée. Elle est si riche et variée ! D'ailleurs on a croisé un cueilleur tout à l'heure, il semblait très satisfait de sa récolte, sans doute de l'ail des ours. C'est la bonne période pour le ramasser, avant l'apparition de ses fleurs blanches… Il le vendra facilement, cette plante sauvage aux vertus mul-

---

2. Le randonneur qui a trouvé Klervi évanouie sur la plage du Palandrin. Voir *Polar vert*, Saison1, tome 1 : *Les Algues assassines*, éditions Milan, 2021.

tiples est devenue tellement à la mode que les restaurants branchés la servent à toutes les sauces. Le bulbe est gorgé de vitamine C, les feuilles stoppent les diarrhées, son essence est utilisée contre les rhumatismes. C'est vraiment une plante géniale !

En tout cas, qui sait si un jour je ne serai pas botaniste, guide de montagne ou bergère ?

Je poursuis mon exploration jusqu'à bientôt dépasser les derniers pins à crochets. C'est un festival de couleurs, un pur bonheur pour la vue, le goût et l'odorat. Qu'en sera-t-il d'ici quelques semaines, lorsque toutes les fleurs embelliront les hautes vallées ?

Bulle prend des photos des paysages, cimes dressées vers le ciel, crêtes brossées par des nuages immaculés, cascades bruyantes et scintillantes. J'imagine qu'elle fait des vidéos sur son iPhone et qu'elle les partagera sur les réseaux le jour où elle jugera bon de dire à ses fans : « Coucou, me revoilà, reconnectée avec la nature, en paix avec moi-même et vous tous. Punk story. » Pour l'instant, elle enregistre mais ne partage pas. Elle est en pause. Sur son compte Instagram, elle a écrit : « Je pense à vous et checke les DM quand je peux », mais en réalité, elle n'ouvre jamais l'application – c'est en tout cas ce qu'elle m'a affirmé. Curieusement, les trois vautours qui tournent au-dessous de nos têtes la laissent indifférente, tout comme les reproches de Peyo, qui ne cesse de s'arrêter pour l'attendre en râlant.

Que diable a-t-elle en tête ?

Bulle s'est portée volontaire pour trouver un sens à sa vie. Elle recherche une harmonie avec la terre, le ciel, le sauvage qui se méfie du bruit. Peu loquace, elle fredonne des airs que j'imagine tirés de la comédie musicale, inspirée du *Petit*

Prince de Saint-Exupéry, qui l'a faite reine d'une tournée internationale. Et l'a détruite. Voilà pourquoi elle s'est réfugiée dans les Pyrénées, loin des réseaux qui l'ont portée aux nues avant de la massacrer. Juste parce qu'elle s'est fracturé la cheville sur scène. Plutôt que de se relever, elle a quitté le plateau en boitant, des larmes de rage plein les yeux, mi-gamine vexée, mi-monarque déchue.

Fracture de fatigue.

Un seul signe de faiblesse, et le monde s'écroule. Amer et cruel.

Dans un reel posté sur son Instagram, elle a confessé qu'elle mettait sa carrière entre parenthèses, le temps de soigner son pied meurtri et de se reposer. La star était persuadée qu'on la soutiendrait à mort, mais elle a vite déchanté… Des mèmes la ridiculisant en train de tomber et de s'enfuir sont apparus sur les réseaux. La honte absolue.

Quand les insultes gratuites ont fusé, Bulle a craqué, elle a tout envoyé valdinguer, s'en remettant à la morale du *Petit Prince* : « Pour être bien dans sa peau, il ne faut pas se prendre au sérieux, il faut choisir avec son cœur, avoir le courage de partir à la découverte du monde, de l'autre et de soi. »

Sa dernière story sur Instagram, saupoudrée d'une pluie d'étoiles.

Elle m'a confié tout ça un soir, alors que nous rentrions au camping. Moi dans mon bungalow voisin de celui de Marceau, elle dans sa *tiny house*, une petite maison en bois écolo, confort au top, avec un mini-jacuzzi installé dans la salle de bains. Des coups de tonnerre ont fait trembler la vallée, et vibrer son karma. Elle m'a prise dans ses bras, serrée très fort, comme si j'étais la seule personne capable de la consoler. Il faut dire qu'elle revient de loin, tout comme…

Moi.

Je ne suis plus Klervi mais Claire – mon second prénom d'état civil.

Je n'ai plus ma longue chevelure brune, les épaules tombantes, une allure féminine, mais les cheveux courts, le dos droit et musclé, un vrai petit soldat ! Poings et pieds fermes, prête à toute éventualité.

Sous l'œil de Marceau, j'ai participé pendant trois semaines à un stage de survie dans une caserne de gendarmerie. En haute montagne, gel et neige compris. Un rassemblement top secret, une quinzaine de participants, pas plus de vingt-cinq ans. De futurs espions militaires envoyés sur des missions humanitaires pour observer à la loupe un pays frappé par un séisme, une famine ou des inondations.

J'ai appris à survivre dans un milieu hostile, à faire un feu, à trouver de l'eau, à me cacher, à me nourrir de racines et même à tuer un animal. Pas pour le plaisir, comme Peyo, non, juste pour ne pas faiblir et périr. J'en ai pleuré de honte, seule sous ma tente, au moment où une tempête de neige s'est abattue sur notre campement… Au programme « survie » : renforcement musculaire, souplesse, coordination, gestion du stress, confiance en soi, le tout augmenté de leçons de krav maga, une méthode d'autodéfense très efficace.

Moi, Claire, le plus souvent habillée de vêtements unisexes, sport, randonnée ou camouflage, j'ai deux buts affichés : filer doux et préserver la biodiversité. Un visage d'ange à la figure double. Lorsque je croise mon regard dans un miroir ou, ici, dans une flaque du ruisseau pour me rafraîchir, ce n'est pas celui de Klervi que je vois, mais celui de Jézéquel, mon frère jumeau. Mon Jez que j'ai abandonné sur un fauteuil roulant pour me mettre au vert au pays du *moussu*, de l'ours comme on l'appelle ici en occitan. Pour me planquer. Dans l'attente du verdict d'une commission parisienne qui pourrait m'attribuer le statut de repentie. Me filer une nouvelle identité.

Renaître ailleurs pour tenter d'apaiser mes vagues à l'âme.

Si je n'y parviens pas, je sauverai Lucas de l'enfer de la prison, du verdict du tribunal, et je m'enfuirai avec lui, comme je l'avais prévu.

Quoi qu'il m'en coûte.

CHAPITRE 2

VA-NU-PIEDS

Dos humide, gorge sèche, nous approchons du premier gros point d'observation, situé à mille sept cents mètres. Un perchoir posé sur une barre rocheuse, illuminé par un soleil rasant. Féerique.

Après avoir traversé une clairière de fougères géantes, nous marchons sur le ventre herbeux d'une large colline. Jumelles autour du cou, nous nous arrêtons de temps à autre pour vérifier si les taches fauves aperçues à l'œil nu sont des animaux ou du bois mort. J'ai le temps d'apercevoir un cerf disparaissant tranquillement dans une grotte accrochée au flanc d'une montagne presque pelée. Peyo nous affirme que c'est l'une des entrées d'une ancienne mine de charbon, ce que j'ai du mal à croire… Si haut, et dans un endroit si escarpé ?

Au-dessus, à droite d'un ruisseau qui charrie la fonte des neiges, je devine la cabane qui nous servira de refuge pour la nuit. Mais nous irons d'abord à gauche, rejoindre le dernier spot pour y admirer le soleil se défiler derrière une dentelle d'arêtes. Surprendre les derniers animaux sauvages des Pyrénées.

Nous longeons la crête, canopée végétale à bâbord, cirque minéral et vertical à tribord. Sorti de nulle part, un gypaète barbu aux larges ailes passe juste au-dessus de nos têtes, ce qui fait sursauter Bulle, qui ne l'a pas vu arriver.

Peyo nous demande de poser nos sacs à dos, de remettre nos vestes chaudes et de ramper sur une dizaine de mètres. Tels des lézards, nous glissons sur les herbes grasses, roulons sur de petites pierres, tout en veillant bien à ne pas perdre nos jumelles. Sans elles, nous sommes aveugles, imperméables au moindre mouvement du monde sauvage.

Nous voilà au bord de la falaise, les yeux grands ouverts. Bulle aperçoit un, puis deux isards accrochés au flanc de la paroi, à trois cents mètres environ. Elle répète trois fois « ce silence, ce spot, c'est top », avant d'ajouter :

– « On ne voit rien, on n'entend rien et cependant quelque chose rayonne en silence[3] ».

– C'est de toi ?

– Du *Petit Prince*, répond-elle en souriant brièvement.

Je me réjouis : si la randonnée peut lui redonner le moral, se sentir être ce quelque chose qui rayonne en silence, ce sera déjà ça de gagné.

Plus bas, un troupeau d'une vingtaine de chèvres sauvages chemine entre de gros blocs de pierre qui se sont décrochés d'une montagne en forme de cube. Je me concentre sur les entrées de la vieille mine, deux trous noirs percés à même la pente raide. Quel animal pourrait en sortir ?

Un courant d'air froid balaie soudain la crête, signe que le soleil va bientôt briller par son absence. Mes doigts tremblent

3. *Le Petit Prince*, Antoine de Saint-Exupéry, Gallimard, 1946.

légèrement. Je fais la mise au point sur deux taches brunes, de la taille d'un cochon. Mon cœur fait un bond !

Des oursons ?

Si j'en crois Bernat ou Marceau, c'est un miracle de voir le roi de la montagne lors d'une première « sortie ours » ! En vingt ans, et des dizaines de balade, certains ne l'ont jamais vu…

Le cœur battant, j'informe Bulle et Peyo de ma découverte, mais notre guide se moque gentiment : « Deux sangliers en vadrouille, des clochards, rien d'autre. » Déçue, je me décale légèrement vers la droite. Ça bouge ! Le cerf ressort de la mine, affronte les deux cochons sauvages en baissant le cou, une façon de leur montrer de quel bois il se chauffe ! Effrayés, les sangliers fuient à toute allure. D'un signe de tête, le cerf donne le feu vert à deux biches qui sortent et se frottent légèrement contre lui. Quel spectacle !

J'entends le claquement d'une bise, me tourne spontanément : Bulle pose une nouvelle fois ses lèvres sur la joue balafrée de Peyo, le remercie de l'avoir emmenée jusqu'ici. D'un mouvement de tête, il lui offre le miel de ses longs cheveux pour ne pas dévoiler ses joues pourprées…

Au bout d'une dizaine de minutes, rassasiés par l'indolence des quatre pattes, nous rampons en marche arrière et retrouvons nos sacs.

Quatre cents mètres plus haut, les mollets durs comme de l'acier, nous voilà sur le plus gros spot de la haute vallée, comme nous l'a précisé Peyo en zigzaguant jusqu'à un tas de rochers tachés de lichens. Un perchoir vertigineux qui domine deux vallées, l'une filant plein nord autour d'une petite gorge, l'autre bondissant vers la frontière espagnole, là, juste à portée de main du haut de nos deux mille cent mètres d'altitude. On tourne à trois cent soixante degrés, la tête auréolée de ciel bleu, dans le silence total et glacial du jour qui décline. Le visage de Bulle a changé : ses petites rides d'amertume ont disparu, son sourire l'illumine.

Nous sommes seuls au monde, fiers d'avoir réussi à grimper aussi haut et d'embrasser du regard l'un des endroits les plus reculés du massif pyrénéen. Nos sacs de nouveau à terre, désaltérés par un thé à la menthe plus très chaud, nous avançons sans bruit vers deux rochers aussi grands que Peyo et moi et jetons un premier coup d'œil vers la petite gorge. Vent de face. Chats perchés et invisibles. Aucun animal à quatre pattes ne peut nous sentir, ni nous voir. Et pas un rapace dans l'air pour attirer l'attention d'une faune toujours à l'affût. Tout cela, je l'ai appris au stage : ne jamais croire que la nature est bête !

Pendant que Bulle et Peyo scrutent la crête, je braque mes jumelles sur la gorge, observe attentivement les bordures, descends environ quatre cents mètres plus bas, jusqu'à la lisière des pins à crochets. Aucun chemin tracé sur les rares plaques de neige situées au nord. Juste des rochers, des landes à myrtilles et un ruisseau qui fuit dans la forêt…

Je mets des gants, enfonce un bonnet noir sur ma tête et reprends le cours de ma conversation silencieuse avec la nature. Surtout ne pas trembler, ouvrir grands les yeux. J'aperçois enfin une tache, fauve, courir vers la gorge avant de s'arrêter. Impossible de compter les cors du cerf, mais ses bois sont énormes ! Il tourne la tête vers ce qui l'a dérangé, mais quoi ? Un sanglier ? Un randonneur ?

– Vous avez vu le cerf, là-bas, près de l'arbre mort ? je murmure. Il va sauter le ruisseau, regardez vite…

Je reste concentrée, fouille l'espace derrière le cerf. L'arbre mort. Un gros rocher comme cassé en trois morceaux. Une tache brune et sombre. Elle bouge lentement. Je me concentre encore, cale mes deux coudes sur le rocher piqué de lichens jaunes. Retrouve le cerf de l'autre côté de la gorge, en train de scruter une nouvelle fois derrière lui. Ses muscles tressaillent, à moins que mon imagination me joue des tours… Je regarde vers la gauche. Où est passée ma tache brune ? Je la retrouve enfin, de l'autre côté du ruisseau. Mon cœur se met à battre à tout rompre.

– Je le vois, il est là…

– Moi aussi, je vois le cerf, dit Bulle. Il monte tout droit, on dirait…

– On dirait un ours, je bafouille, c'est un ours…

– Un putain d'ours, renchérit Peyo, la vérité. La vérité !

Bulle ne le voit pas, elle râle, panique. Mes jumelles calées sur le large dos de l'ours, je lui indique le chemin à suivre, en partant de l'arbre mort.

– Je l'ai, je le vois ! crie-t-elle presque. Vous êtes sûrs que c'est… Oh mon Dieu, c'est incroyable, je vois un ours, un ours, elle répète comme pour s'en persuader. Incroyable, incroyable… Mais pourquoi il ne court pas après le cerf ?

– Il s'en fout, chuchote Peyo. Il doit avoir trop mangé, sinon, il l'aurait déjà dévoré…

– Il est trop mignon, poursuit Bulle.

– Tu vas voir s'il te saute à la gueule…

– Arrête, je dis à Peyo. Regarde et ferme-la !

Ça aussi je l'ai appris au stage de survie. Il faut clouer le bec à celui qui fait le malin : au fond de lui, il est en demande d'autorité.

Bulle vient soudain se blottir contre moi, je lui dis qu'elle n'a rien à craindre : l'ours ne nous sent pas et ne nous voit pas. On est juste les plus chanceux du monde : voir un cerf détaler devant un ours qui s'en fout royalement, au point, maintenant, de se rouler par terre et de se frotter le dos.

– À tous les coups, on le tient, affirme Peyo.

– Qui ? demande Bulle, qui ne cesse de pousser de petits cris victorieux.

– Notre ours à problème…

– Celui qui a dévoré les brebis en février ? Je croyais que c'était Mohican !

– Non, c'est pas lui, pas les mêmes poils, qu'ils ont dit les inspecteurs de l'environnement et des travaux finis, raille-t-il. L'ours à problème, il court toujours mais plus pour longtemps…

– Je me demande, le coupe Bulle, si ce n'est pas toi, le problème, vraiment !

Elle enfonce un peu plus son bonnet, jusqu'à effacer ses sourcils bruns. Nous suivons du regard le plantigrade, qui ne se doute pas une seconde qu'il est observé par des êtres humains. Est-ce un mâle ? Une femelle qui cherche de la nourriture pour ses oursons ? L'idée que des hommes pourraient surgir de nulle part pour le tuer, sous nos yeux, me serre le cœur. On a déjà tué mon cheval, les responsables des marées vertes n'ont toujours pas été jetés en prison, ça suffit[4] !

Si Peyo sait quelque chose, c'est maintenant ou jamais.

– Plus pour longtemps, je reprends, ça veut dire quoi ?

– Qu'on va bien finir par l'attraper, lâche-t-il.

– Pas pour le tuer, quand même ! s'exclame Bulle.

4. Voir *Polar vert*, Saison 1, tome 1 : *Les Algues assassines*, éditions Milan, 2021.

– Non, pour lui mettre un collier GPS, le marquer à la culotte, connaître tous ses déplacements. Faut l'empêcher de taper des brebis dans les bergeries, puis en estives quand le troupeau gagne la montagne. L'ours, c'est comme un chien qui a goûté au sang : il tue toute sa vie.

– N'importe quoi… soupire Bulle.

– Mais comment ça s'attrape, un aussi gros tas de muscles ? j'insiste.

– Avec un piège. Tu mets des pommes au fond d'une cage, l'ours entre, la trappe se referme, le problème est réglé.

– Réglé ? répète Bulle incrédule. Si l'ours pose autant de problèmes, qui te dit qu'il ne sera pas tué, comme Mohican ?

– Là, je te parle d'un piège officiel, avec des gardes, des mecs du réseau Ours brun, et même des gendarmes, pas d'un traquenard. Tu saisis la différence ?

Bulle et moi échangeons un regard, à se demander s'il dit vraiment la vérité. J'en parlerai à Marceau qui, lui, doit savoir comment on piège un ours. Même s'il ne m'a rien dit de l'enquête qu'il mène après la mort par balle de Mohican, je trouverai bien un moyen de lui soutirer quelques informations.

Au loin, l'ours lève son museau vers le ciel, sentant probablement une odeur… J'espère que ce n'est pas la nôtre !

– Tu vois la bosse sur son dos, derrière sa grosse tête ? C'est sa réserve de graisse, j'explique à Bulle.

– Et il a les oreilles beaucoup plus claires que le brun de ses poils, précise Peyo. Ça doit être un jeune, deux ou trois ans, pas plus…

– Je croyais que tu t'en foutais, des ours, ironise Bulle. Allez, dis-le, que ça te fait du bien de le voir…

– Tu as vu sa démarche ? j'enchéris. On dirait un gros chat, la classe…

Je me mets soudain à regretter ce que je viens de dire : là, entre les rochers, au bord de la falaise, on est dans une impasse, impossible de fuir… Et si nous nous retrouvions face à un ours de deux cents kilos, les griffes aussi aiguisées qu'une lame, nous ferions quoi ? J'ai bien un couteau dans mon sac, mais aurais-je le cran d'affronter un *moussu* capable de me briser les cervicales d'un simple coup de patte ?

Je lâche mes jumelles en gardant l'ours en point de mire. Je touche machinalement mon annulaire, me rappelle que Marceau m'a demandé d'enlever la bague de fiançailles offerte par Lucas. Mon porte-bonheur me manque cruellement à cet instant précis, mais c'est la règle de base : aucun signe de mon passé sur moi.

J'efface Lucas de ma pensée, surmonte la nostalgie prête à m'envahir, autre règle à respecter pour garder la tête froide. Mais si je dois le revoir un jour, ce que j'espère de tout cœur, je serai fière de lui montrer des images incroyables…

Je retrouve mon sac à dos, j'en sors un drone muni d'une caméra. La batterie est chargée à bloc, la carte mémoire vierge : le drone a une capacité de vol d'environ vingt minutes, aller et retour, il faut que je sois vigilante… Si l'engin venait à atterrir au pied de l'ours, ou près du ruisseau, je ne pourrais pas récupérer la carte mémoire. Et ça, c'est juste pas possible !

De retour sur le perchoir, je lance mon bourdon volant, qui rejoint la bête en moins d'une minute.

Malgré le froid qui me cisaille les mains, j'applique les conseils de Marceau : ne jamais perdre de vue ni le drone ni ce qu'on filme, oublier les virages trop serrés, faire attention aux obstacles, branches ou lignes électriques, et à la pente... Même si la lumière du jour faiblit, les conditions sont idéales, et les images renvoyées sur l'écran de mon portable sont à couper le souffle.

Près de moi, Bulle et Peyo en restent bouche bée. Je prends soin d'observer l'animal en détail. Sa fourrure est épaisse, elle vire au marron clair au niveau de ses larges épaules. Sur la sombre boule de graisse, j'aperçois une touffe grise. Ses yeux marron sont entourés de poils ras et clairs, presque blancs. Sa tête est grosse, en forme de triangle, son museau long, sa truffe mobile. Ses oreilles sont rondes et noires. Même à distance et par écran interposé, sa puissance m'impressionne.

– On va l'appeler Saxo, je murmure, sans préciser que la touffe grise m'a rappelé la couleur de la robe du cheval de Nolween, mon amie d'enfance.

Le nez en l'air, le « *pè-descaùs* », le va-nu-pieds comme le murmure Peyo en occitan, ne se doute pas une seconde qu'il est filmé. Il fait rouler ses épaules, marche lentement, gratte la neige glacée, sans doute pour y dégoter une racine ou un animal congelé.

Bulle me souffle soudain à l'oreille que deux taches fauves descendent d'un sentier escarpé, à une cinquantaine de mètres du grand prédateur. Il les a senties ! Campé sur ses pattes noires, Saxo se dirige vers les deux biches que nous avons maintenant en visuel, le drone ayant pris de la hauteur. Je retiens mon souffle, déchirée entre la curiosité d'assister à une chasse inattendue et le désir de voir les biches échapper à la mort.

Peyo nous jure que l'ours court aussi vite que Bolt, le champion du monde du cent mètres, et qu'il ne va donc faire qu'une bouchée des deux « gazelles ». Nous retenons notre souffle. Saxo s'approche lentement, tel un chat à l'affût d'un mulot. Les oreilles dressées, les biches ne bougent pas d'un cil. Bulle suggère qu'elles sont hypnotisées, que l'ours possède un pouvoir magique, ce qui fait sourire Peyo :

– Vous allez voir, il va les manger toutes crues, un vrai carnage. Ta vidéo, Claire, elle va valoir très cher. C'est sûr, on n'a jamais filmé un truc pareil, la vérité...

Je ne lui réponds pas, toujours aussi concentrée sur le pilotage. Je n'ai aucune intention de vendre ma vidéo à qui que ce soit, bien au contraire : c'est mon plus beau cadeau depuis mon départ de Pénestin, et celui que je ferai à Lucas pour me faire pardonner...

L'ours n'est plus qu'à vingt mètres de ses cibles. Pendant une dizaine de secondes, les animaux se toisent du regard. Qui est le plus fort ? Le plus rapide ? Le face-à-face s'éternise, on dirait presque qu'ils se parlent !

Les biches se mettent soudain à trottiner, jettent des regards furtifs derrière elles et empruntent le même chemin que le cerf. En un rien de temps, elles franchissent la gorge et disparaissent sur les hauteurs.

Ce que j'ai filmé est incroyable !

Saxo n'a même pas l'air contrarié. Je découvre une loi de la nature : à découvert, et face à des animaux vifs et bondissants, le prédateur n'est pas aussi puissant qu'on le croit. Sauf à être rassasié, il n'a pas jugé utile de montrer toute sa force. Aurait-il dévoré une brebis, tout en bas, dans la vallée ?

Saxo avance maintenant dans notre direction. Je pourrais continuer à le filmer mais la batterie vire au rouge Délicatement, je ramène le drone sur notre perchoir, tout en me demandant si l'ours va grimper jusqu'à nous... Je me rassure en me répétant que nous sommes cent mètres au-dessus de lui, qu'il ne peut pas nous voir, ni nous sentir.

Au pied de notre barre rocheuse aussi verticale qu'un gratte-ciel, Saxo fait demi-tour, grimpe sans forcer une petite falaise et rejoint une sente à peine visible. Il se retourne vers nous, comme pour dire qu'il n'est pas dupe, et disparaît lentement derrière une crête, en direction de l'Espagne. À l'ouest, les montagnes se découpent en ombres chinoises sur un ciel pourpre. C'est magique !

Bulle me prend dans ses bras, émue par tant de beauté et par la bonté de la nature. J'essuie moi aussi quelques larmes. Peyo cache sa joie, c'est certain : j'ai lu dans un livre que « quiconque a vu le maître de la forêt n'est plus tout à fait le même », et je ne vois pas pourquoi il resterait insensible.

Je viens de vivre un moment merveilleux, bien consciente de la chance d'avoir pu observer le *moussu* sous toutes ses coutures et comme personne d'autre. Et à l'affût de magnifiques biches en plus, quelle scène !

Pendant que je récupère la carte mémoire et range le drone dans mon sac à dos, Peyo nous tend des barres de céréales et nous recommande de boire le reste de thé.

– On met les frontales, la nuit va vite tomber. Il nous reste encore une vingtaine de minutes de marche. La cabane de la mine est par là, indique-t-il en levant son bâton vers une étoile brillante. Faut juste suivre la crête.

À y regarder de plus près, une multitude de points lumineux percent le ciel bleu pâle, comme autant de balises qui vont nous mener à l'abri, près d'une belle flambée.

Le vent se lève soudain. Une mer de nuages apparaît dans la vallée et monte à vive allure, comme si elle venait de briser un verrou.

– Allez, on y va les filles, et n'oubliez pas de dire *adiu au pè-descaùs*. On ne le reverra pas de sitôt.

Je contemple une dernière fois la vallée de la petite gorge. Les plaques de neige brillent d'un blanc immaculé. Au-dessus des plus hauts sommets des Pyrénées, un ciel de feu me laisse interdite. Jamais je ne t'oublierai, va-nu-pieds !

CHAPITRE 3

PAS DE CHEMINÉE SANS FEU

Dans la lueur des frontales, le scintillement des fines gouttelettes du brouillard a remplacé celui des étoiles. Nous marchons sur la crête, à plus de deux mille mètres d'altitude, guidés par la mémoire de Peyo et une application de localisation. La cheville encore fragile, Bulle redouble d'attention pour ne pas glisser sur les cailloux humides, utilisant son bâton et le mien pour éviter de sauter dans l'inconnu. Notre progression est lente, la fatigue commence à se faire sentir. Toujours devant, Peyo encourage Bulle, lui donne la main lorsque j'ai besoin de récupérer mon bâton. Soudain, il s'arrête, le doigt sur son écran :

– Je n'arrive pas à retrouver la cabane…

– Fais voir.

Je lui prends le téléphone des mains, enlève mes gants et navigue du bout des doigts. Lors du stage, j'ai appris la base : il y a toujours une solution. La cabane n'est pas loin, on va la trouver. Au pire, on pourra toujours rebrousser chemin, arriver à l'aube au village si l'on ne croise pas un endroit pour s'abriter. La nature nous a déjà bien gâtés : nous avons vu l'ours, nous n'en verrons pas deux demain !

Sur l'écran, je constate que nous sommes allés trop loin : la cabane est sur notre gauche, à une bonne centaine de mètres en contrebas. Je prends la décision de couper tout droit : la pente est raide, apparemment sans barrière rocheuse. Bulle s'impatiente, elle est gelée de la tête aux pieds. Nos gourdes sont vides, nos gorges sèches, nos estomacs crient famine !

Nous descendons lentement, les frontales braquées sur ce qui ressemble à une sente empruntée par les cervidés. Il faut éviter les petites flaques d'eau, retenues par les empreintes des sabots, pour ne pas déraper et débouler. Mes quadriceps sont durs comme une barre de fer. Je me raccroche à l'idée que le feu de cheminée va vite nous réchauffer et que la nuit sera calme. Au bout de quelques minutes de descente en lacets, Peyo s'arrête, les deux mains posées sur son bâton :

– J'espère qu'il n'y aura personne dans la cabane…

– Pourquoi il y aurait quelqu'un ? demande Bulle, les joues rougies par l'effort. T'as pas réservé ?

– Ce n'est pas un hôtel, ni une auberge, s'esclaffe-t-il. La porte est toujours ouverte, c'est « premier arrivé, premier servi ». Il y a juste deux lits superposés, quatre planches. Si la cabane est pleine de monde, on sera obligés de dormir à la belle étoile.

– Mais tu ne nous as pas dit de prendre la tente ! T'es dingue ou quoi ? s'exclame Bulle.

– Je pensais avoir pris la mienne, mais je l'ai oubliée sur mon lit…

Bulle bouscule Peyo, qui manque de tomber en arrière, emporté par le poids de son sac à dos. Je le retiens.

– Pas de souci, je tempère. J'ai une bâche dans mon sac, on pourra toujours l'utiliser pour se protéger du froid et de l'humidité.

Vexé, Peyo reprend la descente d'un pas rapide. Je parviens à le suivre, ce qui n'est pas de cas de Bulle. Sorties de nulle part, des rafales de vent nous cinglent le visage, et nous sommes bientôt dégoulinants de pluie. La météo n'avait pas prévu de précipitations, mais, en montagne comme en mer, il faut s'attendre à tout. Peyo s'arrête un instant pour prendre une cape imperméable dans son sac à dos. Je fais de même, en perdant volontairement du temps pour permettre à Bulle de nous rejoindre.

À peine celle-ci arrivée, Peyo lui balance le puissant faisceau de sa frontale dans les yeux, il ne décolère pas.

– Si on avait déposé nos sacs dans la cabane pour réserver notre nuit, lâche-t-il, on n'aurait pas vu l'ours. C'est pas le Club Med ici, c'est la montagne. Alors tes caprices de starlette, tu te les gardes, pigé ?

Surprises par son ton autoritaire, Bulle et moi restons sans voix. Mais tout en le suivant, je me dis qu'il n'a pas tort : si nous étions restées au camping, nous n'aurions pas vu tous ces animaux sauvages, traversé ces paysages incroyables, jusqu'à nous transformer en lucioles sur une crête perchée à plus de deux mille mètres d'altitude. Il faut en accepter les joies comme les peines, et Bulle doit s'y résoudre : pour remonter la pente après sa dépression, elle va devoir gravir sa propre montagne.

Alors que l'averse a cessé, nous croisons un petit cours d'eau d'un pas de large, aux reflets rouges, riche en fer. Nous sommes presque arrivés. Nous rechargeons nos gourdes en silence, à la fois réjouis d'apercevoir les contours de la cabane de la mine et inquiets de ne pas savoir si elle est déjà occupée.

– Loup y es-tu ? blague Peyo en braquant sa frontale en direction du refuge.

– Si c'est complet, assène Bulle le plus sérieusement du monde, je te tue !

– Pas gagné, ça, la toise-t-il.

Je prends les devants, pose mon sac à dos devant la porte en métal, frappe trois coups à l'aide de mon bâton. Il est bientôt vingt et une heures, possible que les éventuels randonneurs soient déjà en train de dormir. Je donne un nouveau coup, plus fort. Aucun bruit. Impatiente, Bulle me brûle la politesse et pousse la porte violemment. Un grincement nous invite à entrer, un air froid nous accueille. Personne !

Une fois nos sacs posés sur une longue table en bois massif, nos frontales explorent l'unique pièce qui va nous abriter le temps d'une nuit. Quatre murs gris, une cheminée dans un coin. Un tas de bois sous le socle constitué d'une seule pierre plate. Pas de fenêtre. Deux bancs, un fauteuil en osier, un coffre géant, un vieux meuble qui collectionne les bouteilles vides. Il n'y a pas quatre emplacements pour dormir, mais seulement deux planches superposées. Peyo s'est-il trompé de cabane ?

Des particules de poussière flottent dans la pièce. J'inspecte rapidement les quatre coins sans trouver le moindre indice de présence de mulots ou souris. Je veux bien vivre de folles aventures, mais la seule idée qu'un rongeur vienne cette nuit me chatouiller les oreilles me file un frisson. Moi aussi, j'ai ma propre montagne à gravir. Moi aussi, je reviens de loin, d'un village breton dont je dois oublier jusqu'à l'existence pour ne pas sombrer dans des pensées qui me vrillent le cerveau.

Je reprends mes esprits, jette mentalement mes folles pensées par la porte. Bulle est assise sur le banc, le regard bloqué sur l'âtre de la cheminée.

– Ne vous inquiétez pas, les filles, dit Peyo, je vais dormir sur le coffre, c'est fait pour.

Il allume une bougie trouvée sur le meuble, la flamme s'agite avant de se stabiliser. Nous éteignons nos frontales. Nos pupilles s'arrondissent pour capter un maximum de lumière.

– Je m'occupe du feu, s'exclame soudain Bulle en tirant du petit bois. Je suis frigorifiée, j'ai les pieds tout mouillés. J'en rêve depuis qu'on a vu l'ours, ça va être trop cool !

– À toi, l'honneur, je lui dis en lui tendant un briquet.

Pendant que Bulle s'affaire autour de l'âtre, s'amusant à construire une petite pyramide avec le bois, Peyo vide son sac à dos sur le coffre. Je fais de même en déroulant mon duvet et en posant ma boîte repas sur la table.

Il ne cesse de me regarder du coin de l'œil, comme s'il voulait me parler. Pour le mettre à l'aise, je lui tends une perche :

– Y a un problème ?

– Un peu, oui…

Bulle se retourne au moment où une flamme sort du briquet, prête à embraser sa pyramide.

Il me tarde de dîner devant la cheminée, d'enlever ma veste, d'avoir les joues rougies par la chaleur. Mon regard reste scotché à la seule lueur qui va me remplir de joie. Je fais passer à Bulle une boule de papier, une page du journal local *La République des Pyrénées*.

– Attendez… Demain, vous voulez voir des animaux ?

Bulle soupire :

– Évidemment ! Tu crois qu'on est montées pour tes beaux yeux ?

Elle me lance un sourire, style « un à zéro », ce qui me réconforte : malgré une marche rendue difficile par ses Rangers, sa cheville meurtrie et ses sautes d'humeur, elle reprend du poil de la bête. La voilà qui sort un jeu de cartes. Je sais qu'elle adore jouer à la bataille, ça lui rappelle son enfance à courir le monde – son père est diplomate, sa mère, professeur de piano. Au cours des quinze derniers jours, nous y avons joué à trois reprises, ça nous a permis de faire un peu connaissance et à moi d'affiner ma légende. En même temps, Bulle n'est pas très curieuse des autres et je dois bien avouer que ça m'arrange.

– OK, répond Peyo en passant sa main dans ses cheveux longs. Dans ce cas, il y a deux conditions : un, dit-il en levant le pouce, faut se réveiller à l'aube…

– T'es dingue ou quoi ? lâche Bulle.

– La météo est au top, ciel bleu au programme, poursuit Peyo. Si on a du bol, on pourra surprendre des vautours dans leur sommeil…

– Waouh ! je m'exclame. Et l'autre condition, c'est quoi ? Nettoyer la cheminée avant de quitter la cabane ? Si c'est que ça, je m'en occupe !

Les premières flammes crépitent.

Peyo reste immobile, les yeux perdus dans le feu naissant dans l'âtre.

– Alors, c'est bon, on fait comme ça ? je demande.

– Non. Je sais que ça ne va pas vous plaire, mais la vérité, c'est qu'il ne faut pas faire de feu…

– Elle est bien bonne, celle-là, s'amuse Bulle, la lueur des flammes se reflétant dans ses yeux vairons. Au lieu de dire n'importe quoi, passe-moi plutôt ma gourde, j'ai une de ces soifs…

Peyo s'approche de la cheminée et jette l'eau sur le feu. Bulle se lève d'un bond et le pousse des deux mains. D'un rapide mouvement, il la retourne et la serre contre lui. Elle se met à crier mais il pose sa large main sur sa bouche. Bulle m'interpelle du regard, les yeux ahuris, mais je ne m'interpose pas : ce n'est pas le moment de se mettre notre guide à dos, il est à la fois notre seule boussole dans ce milieu que nous ne connaissons pas et notre seul ami dans la vallée.

– La fumée, nous dit-il, c'est l'ennemi du sauvage. C'est comme le bruit, il insiste. Mais c'est vous qui voyez, mes bichettes…

Peyo lâche Bulle, qui vient se blottir contre moi en tremblant, comme si elle avait été agressée. Il répète que c'est à nous de trancher, mais que ce serait dommage de ne pas profiter des premières lueurs de l'aube. Dos à la cheminée, il semble vouloir faire barrière à ce qui réchaufferait notre âme, là, maintenant, mais au fond de moi, je reconnais qu'il a raison : la chance est avec nous, si on peut s'approcher de vautours, pourquoi jouer avec le feu ?

Je me décide enfin :

– Je suis OK pour manger un bout rapidement, plonger dans le duvet, et me lever aux aurores. Pas de feu pour moi, je conclus en levant la main. Puisqu'on est trois, je propose qu'on vote : qui est contre la flambée et pour découvrir la nature à l'aube ?

Peyo fait mine d'hésiter un temps avant de lever la main à son tour. Deux contre un. C'est sans surprise.

– Traîtresse, me dit Bulle en serrant les dents. Je suis congelée, je n'ai pas de chaussettes de rechange, je vais choper la mort, et vous, vous…

– Ce n'est pas le problème, Bulle. Avoir froid, c'est dans la tête, j'insiste. Je vais te frictionner les pieds, et te filer trois paires de chaussettes si tu veux, ça va aller. Et pense aux photos et vidéos que tu vas pouvoir faire demain… On est venus pour ça, non ? Demain soir, tu seras dans ton jacuzzi, tu te diras : « Ils avaient raison, j'ai bien fait de les écouter, de ne pas… »

– … Faire un caprice de starlette, c'est ça ? conclut-elle, boudeuse.

Peyo opine de la tête, j'en fais autant. Après tout, si elle a choisi d'être volontaire dans un village perdu des Pyrénées, c'est pour se prendre en main et arrêter d'avoir en permanence dix personnes autour d'elle qui la transforment en poupée de chiffon.

Elle se met soudain à crier, c'est tellement fort et strident que ça nous oblige à nous boucher les oreilles. Puis, hors d'elle, elle assène brutalement une série de coups de poing à Peyo, qui encaisse dans un premier temps, avant de la soulever et de l'allonger sur la table en bois. J'imaginais bien qu'elle était encore fragile après sa dépression, mais de là à péter un câble aussi facilement, j'en reste sans voix.

Elle tremble de tout son corps, nous supplie de l'aider, de la réchauffer, et parvient à se calmer au bout d'une longue minute, lovée contre Peyo comme une bête blessée. Pendant qu'elle sanglote, épuisée, je lui ôte ses Rangers et ses chaussettes, et lui frictionne vigoureusement les pieds. Peyo me lance un clin d'œil, ravi d'avoir trouvé une complice, même si, je le reconnais, un bon feu m'aurait réconfortée moi aussi.

Bulle s'est endormie sur la table, réchauffée par le duvet qu'on a délicatement posé sur elle pour ne pas la réveiller.

Je gonfle un oreiller et le place sous sa tête tout en l'incitant à se tourner sur un côté. Elle se met aussitôt en position fœtale.

Dans un silence de cathédrale, Peyo et moi engloutissons nos vivres, pour lui saucisse de Toulouse et lentilles, pour moi salade d'asperges vertes, de carottes râpées, de pommes coupées en dés, le tout mélangé à du riz long. Mon regard reste bloqué sur la pyramide de bois qui n'a pas brûlé : au lieu de regretter une flambée de folie, je m'imagine la contempler, jusqu'à ressentir sa chaleur me traverser le corps.

C'est l'un des mécanismes d'adaptation que j'ai appris au cours du stage de survie : utiliser sa force mentale pour devenir insensible à la douleur, au froid ou à la chaleur. Au bout de cinq minutes, j'enlève même le duvet posé sur mes épaules et réponds par un sourire au sifflet d'admiration de Peyo. Je sais qu'il kiffe Bulle, mais je sens pour la première fois qu'il aimerait bien faire plus ample connaissance avec moi…

Pendant qu'il épluche une pomme et m'en offre un morceau, je lui parle d'un rituel d'initiation jadis pratiqué par les Indiens d'Amérique. Cela consiste à laisser des ados seuls et sans nourriture pendant trois jours et quatre nuits sans qu'ils puissent sortir d'un cercle tracé au sol. Je l'ai fait, mais seulement pendant deux jours et une nuit, et dans une grotte habitée par des chauves-souris. Peyo ne cherche pas à savoir quand ni où, et ça tombe bien : je ne dois parler à personne de mon stage de survie, promesse faite à Marceau. C'est sacré ! Je n'entre pas dans les détails mais insiste sur la finalité : le but est de se désensibiliser de tout ce qui nous fait peur (l'obscurité, l'orage…), de nos fantasmes, et de casser notre petite routine (repas, sommeil, portables…). Pour les jeunes Indiens, privés d'eau et de nourriture, en proie à des hallucinations, c'était aussi l'occasion de découvrir leur animal totem, à la fois protecteur et nourricier.

– Et toi, tu as vu un truc ? me demande Peyo.

– Un ours.

– Tu es visionnaire !

– Non. C'est bien plus simple que ça : depuis ma naissance, je trimbale partout un doudou ours, je lui confie mes histoires, il me raconte les siennes. D'ailleurs…

Je fouille dans mon sac à dos, et j'en extirpe Doudours, entouré d'une écharpe de secours – très utile pour soulager un bras abîmé, tenir au chaud une nuque fragilisée, faire un garrot, accrocher des vêtements pour qu'ils sèchent… Et même étrangler quelqu'un ! Peyo me le prend des mains pendant que Bulle émet des grognements et se retourne dans son sommeil.

– Il lui est arrivé quoi à l'œil ?

Je ne peux pas lui dire que c'est mon frère, Jézéquel, qui l'a arraché, ni lui avouer que je me suis servie du trou pour y cacher une clé USB contenant un *wallet* de cent mille euros en bitcoins[5].

– Un petit accident de rien du tout. Doudours se l'est arraché tout seul.

Peyo éclate de rire, si fort que ça réveille Bulle. La mine sombre, elle se lève péniblement et, encore groggy, nous demande ce qu'elle fait là avec nous, sur cette table, dans une cabane à peine éclairée par une bougie. Elle se tient la tête, on dirait qu'elle a tout oublié, c'est trop bizarre. Je la prends dans mes bras, elle semble en avoir bien besoin, et lui murmure à l'oreille que nous avons vu l'ours, que ce n'est pas un

5. Voir *Polar vert*, Saison 1, tome 2 : *Anguilles sous roches*, éditions Milan, 2021.

miracle mais un signe de guérison, que l'esprit de l'animal veillera toujours sur elle, sur nous. Elle se serre très fort contre moi.

– Je crois que j'ai la dalle…

– Désolée, mais impossible de faire du feu pour faire griller tes galettes de légumes, j'avance, hésitante. Tu te souviens, maintenant ?

Elle laisse filer un sourire, signe qu'elle a recouvré ses esprits. Nous en faisons autant, enfin prêts à affronter le froid qui va ensevelir la cabane et à poursuivre l'aventure d'un lendemain qui chante.

CHAPITRE 4

SUR LES GENOUX

Je me réveille en sursaut et en sueur. Le cauchemar me colle à la peau.

J'étais en train de courir dans Paris, après Lucas, les gendarmes à nos fesses. Le sac de fric plaqué contre moi. On avait réussi à semer Chang, le gros trafiquant de civelles, en s'engouffrant dans une galerie marchande. Lucas n'arrêtait pas de crier mon prénom, Klervi, il me tendait la main, je ne parvenais pas à l'attraper. Je courais à perdre haleine, quand un coup de feu m'a réveillée !

Je chasse au plus vite ma vie d'avant en inspirant profondément, me lève sans faire de bruit. Il est cinq heures, le réveil doit sonner dans trente minutes. Inutile de me rendormir, autant sortir pour aller admirer le paysage.

Je ne suis pas déçue : comme hier soir au crépuscule, mais cette fois à l'est, le ciel est zébré de longs nuages éclatant de jaune, orange ou gris. Entre l'incendie céleste et les montagnes plongées dans l'obscurité, le contraste est si saisissant que j'en ai les larmes aux yeux : fallait-il que je passe par toutes ces épreuves pour me retrouver, ici, à deux mille mètres d'altitude, à contempler le sublime ?

Au-dessus de moi, la Grande Ourse et la Petite Ourse, comme un clin d'œil à notre rencontre extraordinaire. Avant de pousser la porte de l'association écologiste Nature & Pyrénées sauvages, j'ai lu quelques ouvrages sur le « petit frère sauvage de l'homme », comme l'a décrit un spécialiste. J'ai ainsi appris que, dans la Grèce antique, il y a la déesse Artémis, dont le nom grec, *arktos*, désigne l'ours : la déesse ourse, la déesse de la chasse et de la lune. Elle donne la vie, la mort, et fait passer les âmes des enfants de la Lune à la Terre, un rôle souvent attribué à l'ours dans la mythologie.

Je repense à mon cauchemar, imaginant un lien magique entre le mythe et la réalité. Et si mon âme était damnée ? Celle de Lucas est-elle montée au ciel ? Est-il mort ?

Artémis avait une compagne de chasse, Callisto : la légende prétend que Zeus l'a séduite, avant de la transformer en ourse dans les cieux. Callisto serait la Grande Ourse, son chien ou son fils, la Petite Ourse. Et le ciel, un refuge éternel… Quand je lève la tête pour y plonger, c'est tellement beau que je veux bien le croire.

Je me dirige vers le ruisseau, m'accroupis pour boire l'eau ferrugineuse, quand j'entends un bruit sourd dans mon dos. Mon cœur fait un bond en imaginant le pire, un loup affamé ou une ourse surprise et forcée de défendre ses oursons… Je sais que je ne devrais pas réagir comme ça, mais c'est plus fort que moi. Difficile d'effacer toutes ces représentations d'animaux tueurs et sauvages que l'on trimbale depuis la petite enfance, même après avoir lu que les grands prédateurs se méfient de l'homme comme de la peste.

J'ai à peine tourné la tête que j'aperçois trois isards bondir et filer à toute allure dans un couloir rocheux, éclairés par les premières lueurs du jour. Je me dis que c'est de bon augure. Peyo avait donc raison : le feu est l'ennemi du sauvage. Et moi, je suis toujours aussi stupide d'imaginer qu'un ours aurait pu me dévorer.

Le petit déjeuner pris à la va-vite, la table nettoyée, la cabane balayée, nous repartons en file indienne en direction du point d'observation « ours ».

Bulle a des ampoules sur les orteils et le tendon d'Achille, j'ai désinfecté les plaies avec du gel d'aloe vera, avant de poser des pansements. Elle serre les dents, mais ça devrait aller : trente minutes pour rejoindre le spot, une paire d'heures à se balader sans forcer, avant la descente qui ne devrait pas durer plus longtemps. Ça paraît long mais ce n'est rien comparé aux plus de mille mètres de dénivelé positif de la veille. Et puis, comment ne pas être boosté par un aussi fabuleux lever de soleil, et la promesse de voir des isards, des cerfs, des aigles et surtout des vautours assoupis ? Sans compter la « surprise » que Peyo nous a promise si nous parvenions à le suivre !

La sueur déjà au front, nous retrouvons très vite le sentier emprunté dans la nuit. Quand nous arrivons enfin sur la crête, un autre cadeau nous attend : une vision à trois cent soixante degrés sur des dizaines de pics enneigés, autant de vallées encore endormies et plongées dans l'obscurité. Au-dessus de l'observatoire du pic du Midi, qui culmine à près de trois mille mètres, les étoiles s'éteignent une à une.

Les yeux au ciel, Bulle me serre la main.

Les gens ont des étoiles qui ne sont pas les mêmes. Pour les uns, qui voyagent, les étoiles sont des guides.

Pour d'autres elles ne sont rien que de petites lumières.
Pour d'autres qui sont savants elles sont des problèmes.
Pour mon businessman, elles étaient de l'or[6].

Elle a chantonné l'extrait du *Petit Prince* en mode slow rap, m'a envoûtée.

Main dans la main, nous poursuivons la lente marche tout en évitant de faire rouler des pierres sous nos pieds. Je donne mon bâton à Bulle, qui ne se sent pas très à l'aise : quand le sentier se resserre tel un fil reliant deux pics, le vide de part et d'autre, il est difficile de ne pas être pris de vertige.

Peyo, lui, semble marcher sur l'eau. Il chemine vite, s'arrête soudain, donne un coup de jumelles, nous montre, ici, une biche, là, l'empreinte d'un chat sauvage – très difficile à observer dans les Pyrénées. Là-haut, le vol de trois gros corbeaux qui cherchent des charognes, certainement encore congelées après leur chute hivernale dans une faille. Peyo a l'air ailleurs, sa cicatrice sur la joue gauche semble plus marquée que d'habitude, mais je ne veux rien savoir de ses pensées.

Nous marchons de nouveau sur un chemin pas plus large que nos sacs à dos. De part et d'autre, des ravins vertigineux. Je surprends Bulle qui ferme les yeux tout en avançant, lui conseille au contraire de les ouvrir en faisant attention de bien planter un bâton, puis l'autre, et d'assurer chaque pas. Peyo n'hésite pas à lui donner la main, campé sur ses jambes musclées. Nous sommes à cinq minutes du point « ours », et déjà ma gourde est presque vide.

---

6. *Le Petit Prince*, Antoine de Saint-Exupéry, Gallimard, 1946.

Alors qu'il s'apprête à passer le sommet d'un pic très rocailleux, Peyo nous fait signe de ne pas faire de bruit, puis nous mime que les vautours sont de l'autre côté, en train de dormir. Je pousse Bulle de toutes mes forces pour qu'elle avance, mais elle n'en peut plus, veut faire demi-tour. Jamais elle ne parviendra à grimper les dix derniers mètres, trop glissants, trop pentus, trop dangereux à ses yeux. Nous sommes à près de deux mille deux cents mètres d'altitude, seuls au monde, impossible de s'arrêter en si bon chemin. Je prends son sac, le plaque contre ma poitrine, et encourage Bulle à monter à quatre pattes sans regarder ni à droite ni à gauche. Elle essuie les larmes qui lui brouillent la vue.

– Allez Bulle, je lui murmure, les vautours nous attendent, et on va peut-être revoir l'ours… T'imagines un peu le kiff ?

Elle opine, resserre ses gants pour mieux agripper la roche. Dire que nous sommes descendus par ici hier soir !

Je la suis au ralenti, mimant presque ses gestes, prête à la secourir à chaque instant. Si les deux sacs à dos m'équilibrent, je dois redoubler d'effort pour porter une trentaine de kilos. Ma semelle glisse soudain sur une pierre tremblante, je tombe sèchement sur le sol, amortie par le sac de Bulle. La pente est si raide que j'ai l'impression d'être tirée en arrière par une main invisible. Mes pieds chassent des pierres, mes mains ne trouvent aucune prise, mes doigts raclent le sol. Chaque seconde semble durer une éternité, je suis happée par le vide, impossible de m'arrêter !

Je vois Peyo ôter son sac et le lancer à Bulle pour venir à ma rescousse, quand ma dégringolade s'arrête net, mes deux pieds calés sur un bloc dur. Je tourne légèrement la tête et aperçois l'amas de roches grises qui vient de stopper ma chute dans le précipice. Mon cœur va exploser !

Peyo me tend la main pendant que Bulle le supplie de faire attention. Je m'accroche comme jamais, utilise sa force pour me remettre sur pied, et retrouve le sentier, cinq mètres plus haut.

La peur encore dans les yeux, Bulle m'étreint tout en me passant la main dans les cheveux. Peyo reprend son souffle, il ne l'avouera pas mais je viens de lui occasionner une belle frousse.

– Toujours entière, la Claire, murmure-t-il, un rien fanfaron.

Mon cœur bat toujours à tout rompre, mais en regardant la faille qui m'aurait réduite en miettes, je suis soulagée.

– Les genoux un peu râpés, je réponds en apercevant mon pantalon déchiré, mais ça va, plus de peur que de mal. Merci !

Tandis que Peyo remet son sac sur le dos, Bulle nettoie rapidement mes égratignures. Mon sac ventral a freiné ma chute et empêché pierres et roches de me blesser gravement.

– T'as failli dérocher comme une brebis effrayée par l'ours qui se jette dans le vide pour lui échapper, me charrie notre guide. J'espère qu'avec tout ce raffut, on n'a pas réveillé les charognards…

J'ai presque envie de lui répliquer que j'ai manqué me tuer, mais il a raison : je m'en sors avec une grosse frayeur, sans aucune fracture, ce n'est pas le moment de m'apitoyer sur mon sort. Je retrouve mon sang-froid, inspire profondément et lève un pouce en l'air.

Peyo prend le sac de Bulle et nous fait signe de monter. Vingt pas plus loin, nous voilà au sommet d'un col, bienheureux de voir que de l'autre côté le chemin n'est plus escarpé et qu'il s'engage bientôt sur une pelouse alpine. Mais avant, nous devons descendre sur une petite plate-forme, très étroite, que le soleil n'a pas encore éclairée.

Peyo nous fait comprendre que les charognards dorment sur le bord de la falaise, face aux petites aiguilles rocheuses qui ont percé le versant de la montagne il y des millions d'années. « Chut », mime-t-il en posant son doigt sur ses lèvres charnues. Tout en bas, on aperçoit le toit d'une grange, de celles qui servaient jadis d'abri et de réserve de nourriture pour les hommes et leurs troupeaux. J'en déduis qu'il y a probablement un chemin qui prend racine dans la vallée et dessert le bâtiment. Peyo va-t-il nous y emmener ?

Sans bruit, nous parvenons rapidement à une sorte de banquette taillée dans la roche, sur laquelle des géants pourraient s'asseoir pour contempler le paysage du matin au soir, un peu comme moi face à la mer de mon enfance. Une dizaine de boules de plumes sont collées les unes aux autres : si Peyo ne nous avait rien dit, nous serions passées à côté sans nous rendre compte que ce sont des oiseaux qui dorment comme les poules, la tête sous leurs ailes !

Bulle me fait signe qu'elle va prendre des photos, ce qui me rappelle que j'ai un drone dans mon sac, une seconde batterie et une autre carte mémoire.

À l'abri, cachée par un gros rocher, je sors mon matos sans me précipiter.

Une fois assemblé, le drone prend de l'altitude et vient se placer entre les aiguilles, le soleil à tribord. Comme nous en avons pris l'habitude, pas besoin de nous parler pour distribuer les rôles : Peyo avance lentement vers les boules de plumes, Bulle s'est accroupie sur le côté, dos au soleil, et moi j'attends que le spectacle commence ! À l'approche de notre guide, les têtes sortent d'un coup, les ailes se déploient, et battent l'air lentement. Encore engourdis, les oiseaux prennent leur envol maladroitement, avant de planer et de disparaître derrière une barrière rocheuse.

Après avoir filmé l'ours hier sous toutes ses coutures, je viens d'immortaliser une scène incroyable, un super-souvenir pour Peyo et Bulle, qui apparaissent en arrière-plan. Nous restons un long moment à contempler l'horizon, puis nous nous prenons dans les bras comme si nous venions de gravir l'Everest !

Mon dos est parcouru de frissons qui anéantissent le sentiment d'épuisement provoqué par ma dernière frayeur. Bulle est déjà prête à repartir, la main sur son sac à dos.

– Ça ne va pas ? je lui demande.

– Si, c'était top, mais j'ai un peu l'impression d'être au zoo… T'as pas le sentiment qu'on les a grave dérangés, les vautours ? C'est pas tout à fait ce qu'on voulait, toutes les deux, si ?

– Tu as raison, Bulle, mais on ne leur a pas fait de mal. C'est ça aussi prendre conscience de la beauté du monde, non ?

Elle fait une petite moue.

– On n'en parle pas à Bernat, OK ? Je n'ai pas envie qu'il me fasse la leçon…

Le directeur de l'association est très à cheval sur ce qu'il appelle « le grand dérangement » du monde sauvage, entretenu et répété depuis des millénaires par une espèce envahissante : l'être humain ! C'est la première chose qu'il nous a dite, lors de notre première réunion : « Avant de réensauvager le massif des Pyrénées, commençons par respecter ce qu'il a de plus précieux pour nous, les hommes : la forêt, les arbres, les plantes, celles qui nous soignent depuis des siècles, et toutes les espèces que nous continuons de massacrer à la tronçonneuse. »

– S'il l'apprend, on mettra ça sur le dos de Peyo, je glousse près de son oreille.

On se tape dans les mains et rejoignons notre guide, qui nous dévisage, les sourcils froncés.

– Qu'est-ce que vous mijotez encore ?

Je pose mon doigt devant ma bouche pour lui faire comprendre que nous ne devons pas parler fort. Bulle éclate de rire dans ses gants. Peyo la fixe de longues secondes, mais dans son regard, volontairement dur, la flamme amoureuse qui illumine ses yeux ne parvient pas à s'éteindre.

Nous rejoignons rapidement le spot « ours » de la veille. Allongés entre deux rochers, nous laissons nos jumelles vagabonder entre cimes et premiers sapins à crochet. Aucune trace de vie animale. Seul un aigle fait soudain son apparition. Au bout de ses ailes, ses plumes sont écartées, sa queue est large et arrondie. Il se laisse admirer à loisir, ce qui réjouit Bulle. Mais pas pour longtemps : en un clin d'œil, l'oiseau royal a plongé dans la vallée et disparu.

– Tu crois que c'est normal qu'il n'y ait pas du tout d'animaux ?

– Non, je réponds à la place de Peyo. C'est l'heure à laquelle ils sortent des sous-bois ou des grottes pour boire et manger.

– Ils se sont peut-être passé le mot, lâche Peyo.

– Lequel ?

– L'ours est là, pas bouger !

Bulle lui donne un léger coup de poing sur l'épaule.

– C'est bizarre, je pensais plutôt à toi. Un mâle, de la vallée, le toise-t-elle, jeune et viril, un peu sherpa et secouriste sur les bords, ça doit se sentir de loin, non ? Tu ne crois pas, Claire ?

On pouffe de rire pendant qu'il remet un coup de jumelles. Une rafale de vent fait voltiger ses cheveux blonds. Bulle ne le quitte pas des yeux.

– Pour la surprise, ça tient toujours ?

– Mes ampoules me font mal, je vote pour faire demi-tour…

– Claire, ça va tes genoux ? coupe Peyo, histoire de remettre Bulle à sa place.

J'opine même si je serre un peu les dents.

– Alors, on y va…

– Peyo, supplie Bulle, non ! Comment je vais faire pour marcher ?

– On trouvera un moyen, t'inquiète. Au pire, je te porterai !

Elle soupire, mais n'insiste pas.

– On descend par là, dit-il en levant son bâton. On rejoint le versant au soleil, et on fait le moins de bruit possible. OK ?

Je m'approche de lui pour lui demander discrètement :

– Mais on va où ?

CHAPITRE 5

SOMBRE CLAIRIÈRE

Dix minutes de marche au soleil. Un vent du sud tiède et sec, ici on l'appelle le vent d'autan, qui nous revigore. Et face à nous, un cirque monumental, une vallée de montagnes qui s'élargit puis s'arrondit tout au bout.

À la demande de Bulle, grimaçante, nous nous arrêtons un instant près d'un sapin isolé. Pendant qu'elle ôte ses chaussures et enlève d'une de ses ampoules un pansement rouge de sang, je croque une pomme tout en suivant des jumelles la ligne de crête.

À environ quatre cents mètres, sur le dos herbeux de la montagne, j'aperçois une petite cabane. En faisant la mise au point, je remarque un enclos constitué de pierres blanches et grises.

– Peyo, c'est quoi ça, là-bas ?

– Notre *cayolar*, dit-il en faisant presque rouler le *r*. La cabane de berger, si tu préfères. Pourquoi ? Tu vois quelqu'un ?

Bulle se lève, plisse les yeux.

– C'est super-cool comme spot, non ? T'imagines, être au cœur de la nature, personne pour t'emmerder, regarder le soleil se lever...

– Passer les nuits, enchaîne Peyo, à flipper parce que l'ours traîne dans les parages, à vouloir bouffer de la brebis... Tu parles d'un spot, toi, la star !

– Toi, t'es vraiment bloqué sur l'ours, t'es grave...

– Moi, il me répond en posant la main sur son torse, je sais de quoi je parle : ça fait presque dix ans que je fais la transhumance, que je monte les brebis avec ma mère et d'autres éleveurs. Ici, c'est mon terrain de jeu, je connais tout. Et vous, vous en savez quoi ? Rien. Tous les étés, notre bergère garde mille brebis, et tous les étés, depuis que l'ours a été réintroduit, on s'en fait bouffer des dizaines, et les plus grasses en plus ! Alors oui, tu parles d'un spot, toi !

Bulle et moi, nous savons que sa mère élève des brebis. Elle gagne sa vie en vendant du fromage et des agneaux – on dit, ici, qu'elle « fait de la viande ». Tout le monde l'appelle « la Basque » car elle est originaire de la province atlantique, là-bas, à l'ouest, là où la montagne plonge dans l'océan. La rumeur prétend que Marti, le père de Peyo, l'a rencontrée lors d'une chasse à la palombe. Un coup de foudre entre mille coups de fusil.

Nous ne sommes au village que depuis quinze jours, mais nous savons presque tout sur presque tout le monde. Presque, évidemment. Bernat nous a prévenues dès notre arrivée : « Ici, c'est petit village, grand bordel. On se connaît tous, on est tous plus ou moins cousins, cocus ou amants, ne rigolez pas, vous verrez, on se casse du sucre sur le dos, nuit et jour, on se fait les pires des saloperies, mais retenez une chose : on reste solidaires, je dirais presque à la vie à la mort, face à un seul et même ennemi : l'État. Et depuis qu'on a un "préfet ours", je vous laisse deviner qui en prend plein la gueule, matin, midi et soir… »

Bernat sait de quoi il parle : s'il est devenu directeur de l'association, traité d'« escrolo » – escroc écologiste – jusqu'à Pau ou Toulouse, il n'en reste pas moins un enfant du pays. Et même si, dans l'absolu, il n'est pas contre l'idée qu'un préfet s'occupe des affaires de l'ours et joue un rôle de médiateur entre les « pro » et les « anti », il ne peut pas s'empêcher de le considérer comme un « étranger » et de le rhabiller pour l'hiver. Ici, comme chez moi en Bretagne, on lave d'abord son linge sale en famille…

En arrivant au village, Marceau m'a lui aussi prévenue : « L'ami et l'ennemi se détestent, mais les deux peuvent s'embrasser pour repousser le diable. » Les deux contre l'État, le diable en personne !

Ce qui est encore plus surprenant, pour les « étrangères » que nous sommes, c'est que Bernat Massax n'est autre que le cousin germain de Marti Massax, le père de Peyo et mari de Gabi la Basque. Pour faire simple, Bernat est pro-ours, Marti est anti-ours, Gabi n'est ni pour, ni contre, mais quand même un peu plus contre que pour, tout comme Peyo. Lequel est chasseur comme son père. Et pour une raison que j'ignore, les deux cousins, Bernat et Marti, sont fâchés et ne se parlent pas ! Mais là où ça se complique encore, c'est que Bernat, Marti et Gabi sont propriétaires d'un même troupeau de brebis !

– C'est qui la bergère ? je demande.

– C'est Rania, la femme de Bernat, murmure Peyo. Tu veux la remplacer ? C'est pas difficile…

– Pourquoi ? demande Bulle.

– Elle n'avait qu'à rester en Syrie, on n'a pas besoin d'elle ici…

– Ah, je vois, poursuit Bulle. C'est une étrangère et, comme nous, elle aurait mieux fait de rester chez elle ? Elle vient manger le pain des gens de la vallée, c'est ça ?

– Ou c'est parce que c'est la femme de Bernat ? j'enchaîne.

– Vous feriez mieux de vous occuper de vos affaires. Vous n'êtes que de passage, ici, ne vous emballez pas, la vérité…

Je n'insiste pas… S'il y a une personne qui ne veut pas se mêler de ce qui ne la regarde pas, c'est bien moi !

Nous rechargeons nos sacs sur le dos et traversons une rangée de bouleaux, reconnaissables à leur écorce blanche. Accrochée à un pin, une pancarte attire mon attention. Au-dessus d'un QR code, des logos de l'Office national des forêts, du Centre national de la recherche scientifique et de l'Office français de la biodiversité, un titre : « Vert Internet, Intelligence végétale. » Un projet unique en Europe sur la mémoire et l'apprentissage des arbres qui va voir le jour, ici, sur mille hectares. Je cherche mon portable, un, pour vérifier s'il y a du réseau, deux, pour flasher le code, mais Peyo bloque mon avant-bras :

– Laisse tomber, me dit-il. C'est pas intéressant, encore un truc des escrolos pour nous faire chier.

Il me provoque, c'est sûr, persuadé que je me suis portée volontaire en raison de mes convictions écologistes.

– C'est quoi le problème ?

– Tous ces intellos, là, ils veulent nous empêcher de chasser, de ramasser des champignons, des myrtilles, et même de nous promener, et chez nous en plus ! Tu parles d'un Internet vert ! Si les écolos arrêtaient de faire les intelligents, on serait moins cons…

Bulle fronce les sourcils.

– Peyo, t'es con ou tu le fais exprès ? gronde-t-elle. Un arbre, tiens, celui-là par exemple, tordu à la base mais qui monte tout droit, il a fait comment pour aller chercher la lumière ? Et comment un champignon arrive à pousser à son pied ? Tu t'es un jour posé la question ? Tu ne sais pas que les plantes émettent des molécules odorantes lorsqu'elles sont agressées, et qu'elles sont capables de les transmettre aux autres pour se protéger ? Elles fonctionnent en réseau solidaire ! Vraiment, plus je te regarde, moins je te comprends...

– Il faut être né ici pour savoir, assure-t-il, et...

– T'es un mec hypersensible, le coupe-t-elle. Alors arrête de faire le dur. Tu sais, j'en ai croisé plein des comme toi au cours de mes tournées, des durs, des vrais, je veux dire, et franchement, tu ne leur arrives pas à la cheville. C'est à cause d'eux que j'ai quitté le show-business...

Pour un peu, elle aurait ajouté « s'il te plaît, pas toi » ou « en tout cas, si tu tiens à moi – car ça crève les yeux – guide-moi dans la montagne, offre-moi encore du rêve », mais Peyo a tourné le dos sans attendre son reste. Pas assez courageux pour reconnaître que Bulle a raison. Ou l'affronter dans une joute verbale où il laisserait des plumes.

Elle sort un tissu de la poche intérieure de sa veste, le déplie, l'applique contre l'arbre et l'attache sous le QR code avec de la ficelle. Elle me dit que c'est un talisman, que c'est le moment ou jamais de protéger la forêt « Vert Internet » si des crétins comme Peyo ne comprennent pas que c'est le souffle des espèces végétales qui nous permet encore de respirer. De vivre. Près du camping, elle a ramassé trois feuilles, forsythia, bouleau, magnolia, les a enduites de peinture végétale avant de les appliquer sur le tissu. À sa demande, je la prends en photo, près du talisman, des deux mains elle forme un cœur et elle sourit. À qui va-t-elle l'envoyer ?

Elle me prend la main et m'entraîne sur les traces de Peyo, qui a disparu du paysage. Nous accélérons le pas. Elle grimace, je l'encourage. Nous retrouvons notre guide un peu plus loin, assis sur une grosse pierre, yeux fermés et visage chauffé par les rayons de soleil.

– Pause pipi, c'est ça ?

Nous opinons, petit sourire en coin.

– On n'est plus très loin de la surprise. Chut…

Il poursuit la descente sous la sapinière en essayant de ne pas faire craquer de bois sec ou rouler des cailloux. Nous le suivons sans rien dire, ni savoir où nous allons. La surprise sera-t-elle plus incroyable que d'avoir vu l'ours hier ? Mon esprit vagabonde – ours, cerf, biches, jusqu'à être foudroyé par une folle pensée.

– Et si on croise l'ours, là, on fait quoi ?

Bulle me regarde avec des yeux ronds.

– Tu ne te souviens pas de ce que nous a dit Bernat ? On doit se manifester. D'abord parler, mais surtout sans crier, puis faire de grands gestes pour qu'il nous voie…

– Ah oui, c'est vrai qu'il est bigleux, l'ours…

– C'est même son point faible, c'est pour ça qu'il a un nez de folie. Mille fois plus puissant que le nôtre ! Donc, si on le voit, on ne s'affole pas, on reste zen…

– Plus facile à dire qu'à faire, lâche Peyo, qui fouille la terre humide du bout de son bâton. Le mieux, c'est d'avoir un fusil, comme ça, t'es tranquille…

Voilà, c'est reparti : Peyo bombe son torse de chasseur, à croire qu'il veut s'attirer les foudres de Bulle ! J'ouvre la bouche pour lui répondre, mais elle me devance :

– L'ours a une trouille bleue de l'homme, surtout des coups de fusil. Comme toute espèce animale ou végétale, il a développé une intelligence en réseau.

– Un peu comme un ours Internet dans les Pyrénées ?

– Si tu veux, me dit-elle. S'il sent l'odeur de la poudre, il va se cacher. Il sait retrouver un chemin, des années plus tard. Et s'il sent Peyo, poursuit-elle en se pinçant le nez, il se suicide !

– Ah ah, trop drôle, répond-il.

Bulle me lance un clin d'œil, je le lui rends. Bim !

– On a tous des capacités prodigieuses, ajoute-t-elle en posant sa main sur la chevelure abondante de Peyo, encore faut-il en avoir conscience et vivre tous en paix et en harmonie. Pas vrai, mon petit nounours…

Peyo pose soudain un doigt sur ses lèvres, et d'un autre il tapote son oreille, genre « vous avez entendu ? ». Nous retenons notre respiration pour écouter. Nous sommes entourés de sapins aux larges troncs, solides pieux dressés vers le ciel bleu que l'on devine entre les branches. Le sous-bois est étrangement propre, comme si une tempête avait soufflé brindilles, feuilles, herbes et ronces.

J'entends le tambourinement d'un pic, puis des oiseaux piailler.

– C'est le signal d'alarme des mésanges, chuchote Peyo. Elles doivent prévenir que nous arrivons, ou bien…

Tout en attachant ses cheveux à l'aide d'un élastique, il nous fait signe de déposer nos sacs à terre, de garder nos jumelles et de le suivre. Nous montons sur un gros bloc de pierre en nous aidant des mains. Cachés derrière un petit sapin ayant fait son trou tout en haut du caillou, nous scrutons la clairière, située à une centaine de mètres. Entre les branches des arbres, je parviens à faire la mise au point et à me concentrer sur ce que murmure Peyo à nos oreilles : à droite, près de la lisière, un tas de branches de pins.

– On a fait tout ça pour voir une clairière perdue au milieu des bois ? chuchote Bulle. T'as oublié que j'ai des ampoules partout aux pieds, que je vais bientôt ressembler à un sapin de Noël ?

Peyo ne répond pas. Nous restons de longues minutes à fixer le tas de bois, tout en balayant l'espace alentour. Bulle ne cesse de questionner Peyo, mais il n'a qu'un mot à la bouche : « surprise ». Je dépose mes jumelles, descends la paroi à reculons, récupère une pâte d'amandes dans ma poche et bois un peu d'eau. Le goût ferrugineux me reste dans la bouche et me gratte la gorge, ce qui me rappelle ma nuit dans la cabane de la mine, et un réveil canon. C'était vraiment top.

Je pose ma gourde car j'entends Bulle m'appeler en chuchotant. Je monte rapidement, reprends mes jumelles, pendant que Bulle et Peyo respirent fort, en répétant à tour de rôle « C'est pas possible, c'est pas possible… ».

Je le vois aussi distinctement qu'hier mais ce n'est pas Saxo, ma main à couper : il a le contour des oreilles blanches, le pourtour des yeux tout noir, la tête ronde. On dirait un ours sorti tout droit d'un dessin animé pour les enfants !

Pendant qu'il s'approche du tas de branches, le museau en l'air, je rejoins Peyo :

– Tu savais qu'il y aurait un ours ?

– Il s'approche du piège, élude-t-il. Sous le tas, il y a une cage, un peu plus grande que lui. Les gars de l'OFB ont mis un appât, sûrement un gros tas de pommes…

– C'était ça ta surprise ? demande Bulle.

– Tu crois qu'il a senti les pommes ? je poursuis.

– La vérité, dit-il.

– Et nous aussi, alors ?

– Non, nous, on est face au vent et sur le rocher, comme hier. On est en sécurité, même si on n'a pas de fusil ou de gros pétard pour le faire fuir…

Un pétard, je n'y avais pas pensé, et je le note dans un coin de ma mémoire. Si ça effraie un ours, ça pourrait terrifier un loup. On dit qu'il est de nouveau présent dans les Pyrénées et qu'il peut débouler à n'importe quel moment… Quelle serait sa réaction en me voyant ?

Peyo nous explique que le piège a été installé pour capturer l'ours à problème, celui qui a fracassé la porte d'une bergerie et « croqué » deux brebis, fin février. Lors d'un apéro bien arrosé, le père de Peyo s'est vanté, devant ses amis chasseurs et son fils, de savoir où ces branleurs de l'OFB – Marti appelle ça l'Office des fainéants et des bisounours – avaient installé le piège-trappe. Il n'a pas précisé comment il avait obtenu le précieux renseignement, mais il a fait allusion à « leur ami aussi fainéant que les autres ». Comme le sous-entend Peyo, j'en conclus que l'ami fait aussi partie de l'Office français de la biodiversité, qu'il ne sait pas tenir sa langue ou qu'il est de mèche avec les chasseurs du village. Est-ce possible qu'un employé de l'OFB soit « anti-ours » ?

Fier de l'attention qu'on lui porte, Peyo ajoute qu'une caméra thermique a été installée par l'OFB, ce qui permet aux « fainéants » de suivre en direct ce qui se passe devant la cage. Il les imagine avachis sur leur canapé en train d'attendre que la trappe se referme sur l'ours piégé, puis monter dans leur 4×4, emprunter la piste forestière qui grimpe en lacets et passe sous la clairière. Une fois arrivés, ils n'ont plus qu'à endormir l'animal à l'aide d'une carabine hypodermique, et basta !

– Et après ? demande Bulle. Ils lui mettent un collier ?

– Avec un GPS, oui. Les brebis vont bientôt monter en estive, avec un mois d'avance. Les bergers ont une appli qui trace l'ours. S'il approche du troupeau, surtout la nuit, alors les bergers lâcheront les patous…

– Les gros chiens blancs des Pyrénées ?

– Oui, ceux qui protègent les troupeaux des attaques des ours, mais aussi des chiens errants. Vous ne pouvez pas imaginer le nombre de randonneurs qui déboulent avec leurs toutous et qui pensent que la montagne est à eux…

– Ça, lâche Bulle, on a bien compris qu'elle est à toi !

– Et si les patous, ça ne suffit pas, j'enchaîne, il se passe quoi ?

– Si t'as pas le droit d'envoyer un coup de fusil en l'air pour faire peur à l'ours, déplore Peyo, tu balances un gros pétard. Sinon, il ne te reste plus qu'à prier pour qu'il ne te dévore pas vivante…

Au loin, l'ourson se redresse puis se remet à quatre pattes. Combien mesure-t-il ? Un mètre cinquante ? C'est fascinant de voir à quel point il nous ressemble et pourquoi on l'appelle, ici, le *moussu*. Le Monsieur. Une grosse tête, des épaules, des bras, presque des mains, un bassin, des jambes, presque des pieds. Mais en me rappelant que c'est un ourson, un doute surgit : il n'a rien d'un « ours à problème », d'un mâle puissant, frôlant les trois cents kilos et capable de tuer une brebis d'un seul coup de patte.

L'animal se relève une nouvelle fois et reste une bonne trentaine de secondes sur ses pattes arrière. J'en ai le souffle coupé, consciente de ne pas devoir faire le moindre bruit. A-t-il senti l'odeur des pommes ? Autre chose ?

– Vous croyez qu'il va entrer dans la cage et se faire piéger ? murmure Bulle. Le pauvre, il va avoir la peur de sa vie !

– S'il entre, on ira le sauver, je souffle.

J'imaginais que Peyo allait me contredire, mais il ne répond pas, concentré, comme nous, sur le plantigrade qui lève son museau en l'air et regarde régulièrement derrière lui.

– Il n'est peut-être pas tout seul, je chuchote. Vous imaginez si on voyait arriver un cerf ou une biche, comme hier ?

Pendant que l'animal s'arrête juste devant la cage camouflée, je donne un coup de jumelles sur les troncs pour repérer la caméra qui a détecté son mouvement et sa chaleur. Quelque part dans un bureau, ça doit être le branle-bas de combat. Difficile d'apercevoir la caméra qui se fond dans le paysage, mais je voudrais vérifier si Peyo nous a dit la vérité : je suis bien décidée à libérer l'ours, sans imaginer encore comment je vais m'y prendre, mais je ne veux surtout pas me retrouver nez à nez avec les gardes de l'OFB et encore moins les gendarmes !

Peyo peut nous raconter n'importe quoi, juste pour nous impressionner… N'est-il pas ici dans son jardin, près de l'estive de sa famille, face à de simples « étrangères » qui boivent ses paroles ?

– Pourvu que Doudours n'entre pas dans la cage, je murmure.

Doudours comme mon ours en peluche qui cache, derrière son œil, mon trésor de guerre. Voilà comment j'ai décidé de baptiser l'ourson.

– Je viens de voir un truc bouger, derrière le piège ! j'ajoute.

– Reste concentrée sur Doudours, lâche Bulle. Regarde, il entre !

Il n'a fallu que trois secondes pour voir bouger le tas de branches, signe que la trappe s'est refermée et que l'ourson tente probablement de ressortir.

Mon cœur bat soudain plus vite, comme si j'étais à la place de Doudours, prise au piège !

Lors du stage, j'ai appris que si c'est un signe de stress, c'est surtout le signal que le corps se prépare à réagir violemment en produisant de l'adrénaline. Mon instructeur m'a mise à l'épreuve, et ce qu'il avait prédit s'est réalisé : lors de mes premiers combats de krav maga, j'ai perdu ma capacité à raisonner et à mettre en pratique les cours théoriques. J'y voyais mal, entendais mal, j'ai fini sur les genoux, asphyxiée !

Je suis soudain terrifiée à l'idée que l'ourson pourrait gravement se blesser en essayant de briser la cage.

– Peyo, t'es d'accord que ce n'est pas un ours à problème, que le piège vient de se refermer sur un malheureux ourson ?

Il marmonne un « oui, mais non », incapable de trancher.

– Merde, chuchote plus fort Bulle, tu attends quoi pour aller le libérer ?

– Attendez, dit-il, regardez à gauche...

– Regardez plutôt à droite, je le coupe.

Je découvre quatre silhouettes, cagoules sur la tête, en tenues de camouflage, marron et vertes. Très vite, ils enlèvent les branches cachant la cage.

– Les gardes sont déjà là ? demande Bulle, incrédule.

Je baisse mes jumelles pour voir l'ensemble de la clairière. Le temps que mes yeux fassent la mise au point, j'aperçois une masse sombre sortir de la lisière du bois. Je reprends mes jumelles, mon cœur s'emballe.

– Merde, à droite, y a un autre ours qui fonce droit sur le piège !

– Il est énorme, s'exclame Bulle en se retenant de crier.

L'ours pique maintenant un sprint, ses oreilles se couchent, il va si vite qu'il m'est difficile de le suivre entre les branches qui nous séparent de la clairière.

– Si c'est la mère, il va y avoir du dégât, la vérité…

– On peut faire quoi ? je marmonne.

– C'est trop tard, la vérité, répète Peyo sur un ton inquiétant.

Arrivé devant le piège, l'ours se dresse sur ses pattes arrière et pousse un énorme coup de gueule, si fort que nous l'entendons depuis notre caillou. Le géant charge trois des individus, qui partent en courant, mais je ne vois pas le quatrième… Où est-il ?

CHAPITRE 6

LES DALTON

De nouveau sur ses quatre pattes, l'ours rattrape un garde et l'envoie au sol en lui frappant violemment l'épaule, au moment où un coup de feu retentit sous la sapinière. Puis un second. Un boucan d'enfer qui résonne jusque dans ma tête. L'ours tombe à terre, stoppé net par le quatrième homme, qui s'approche, fusil en main, et s'assure d'un coup de pied que le plantigrade est bel et bien mort. Puis il s'accroupit près de son complice… Est-il mort lui aussi ?

Je suis en apnée, en état de stress maximum. J'imagine la mort dans les yeux de l'ours, les larmes dans ceux de l'ourson, surtout si le géant n'est autre que sa mère ou son père…

Nous ne disons pas un mot, traumatisés par ce qui vient de se passer. Je retiens mes larmes, mais celles de Bulle, intarissables, l'obligent à renifler. Des bruits sourds parviennent jusqu'à nous, probablement les cris de Doudours, effrayé par les deux coups de feu. Mon cerveau est en mode panique, il m'invite juste à rester perchée sur le caillou, à l'abri de la charge d'un autre grand prédateur qui pourrait se jeter sur nous, ou d'un coup de fusil si nous étions pris pour cibles par les gardes.

Un individu s'approche d'un arbre, il est de dos ce qui m'empêche de voir ce qu'il fait...

– Y a un truc qui ne va pas, là, lâche soudain Peyo. Les gars, ils ne portent pas d'uniformes...

– Tu veux dire que ce ne sont pas des gardes ? Des vrais de vrais ? je demande inquiète.

– Je ne sais pas, mais, un conseil, les filles, on ne bouge pas. OK ?

– Quelle bande de connards ! s'exclame Bulle. Tu nous as dit tout à l'heure qu'ils avaient un fusil pour endormir l'ours, pourquoi ils ne s'en sont pas servis ?

– Ils n'ont pas eu le choix. Le temps que l'anesthésiant agisse, le gars, il était mort. Et puis, c'est pas bien grave, un ours de perdu, dix de retrouvés, raille Peyo.

– T'es dingue ou quoi ? tonne Bulle, en essuyant ses larmes. Je suis certaine que c'est sa mère qui est morte, et toi, tu dis n'importe quoi !

– Je dis ce que je veux...

– Arrête, Peyo, j'implore. Si tu avais été en danger, ta mère aurait volé à ton secours ! Et si on l'avait tuée, tu dirais quoi ? Qu'elle l'a bien cherché ?

Un long silence s'invite sur notre gros caillou, malaise...

– Vous voyez ce que je vois ? murmure Peyo.

Deux des hommes soutiennent le blessé au niveau des hanches. Ils rentrent dans le bois, je les perds de vue, avant de les retrouver un peu plus loin. L'un prend un gros sac à dos, en sort ce que je devine être une trousse de secours. Impossible de distinguer leurs visages. Près du piège, un fusil en bandoulière, le quatrième individu ôte les dernières branches qui recouvrent encore la cage. Il épaule son arme… J'imagine déjà l'ours tué à bout portant, c'est impossible, je ne veux pas y croire, c'est un véritable cauchemar. Mais je n'entends aucun son déchirer le silence de la montagne lorsque le tireur repose son arme contre un arbre. J'ai juste le temps d'apercevoir une barbe noire, lorsqu'il enlève sa cagoule.

– Il a tué l'ourson, il l'a tué ! sanglote Bulle.

– Non, il a utilisé la carabine hypodermique à air comprimé, précise Peyo. Ça ne fait pas de bruit. T'inquiète, Doudours, il va juste tomber dans les pommes…

– Très drôle, je murmure. Mais pourquoi l'endormir ? Pourquoi ils ne le relâchent pas ? C'est juste un ourson, pas un ours à problème…

– Ils vont lui mettre un collier, ça sera toujours ça de gagné, rétorque Peyo. Mais y a vraiment un truc qui cloche…

– Quoi ?

– Celui qui a tiré, c'est une femme. Les gardes, je les connais tous, c'est que des mecs.

– Alors c'est qui ? je demande.

Long silence.

– J'ai lu un truc terrible, enchaîne Bulle. Lors d'une battue, une ourse et son ourson ont été tués par des chasseurs, dans les Pyrénées. Leurs têtes ont été vendues au marché noir en Espagne, le foie, les pattes et d'autres morceaux ont été servis lors d'un banquet clandestin. J'espère que…

Mon cœur bat de plus en plus fort. Mes mains tremblent, je finis par lâcher mes jumelles. Il ne faut surtout pas que la peur prenne le pas sur mon sang-froid.

T'as le souffle court, respire
Quand rien n'est facile, respire[7]...

Le refrain de Gaël Faye, que j'écoutais en boucle en Bretagne, me revient soudain à l'esprit.

« Espère », Klervi, « respire ».

– Mais ils sortent d'où ? T'as une idée ?

Pendant que Bulle répète « pauvre Doudours », je croise le regard de Peyo, qui ne répond pas. Il ne bombe plus le torse, j'ai l'impression d'avoir face à moi un gamin de dix ans qui n'en mène pas large. Nous cache-t-il quelque chose ? Il connaissait la clairière, l'existence du piège, que sait-il de plus ?

Bulle me fend le cœur lorsqu'elle se met à sangloter. Elle est inconsolable. Dans mes verres grossissants, je vois deux individus porter un brancard, le poser devant la cage. Les deux autres sont accroupis, près de l'ours abattu. Celui qui est de dos tient un objet dans la main. Je me déplace légèrement sur la gauche, heurte un petit caillou qui rebondit le long de la paroi. Le bruit fait bondir Peyo, qui me lance un regard halluciné. Je lui fais signe que je ne l'ai pas fait exprès, et mets une dizaine de secondes à retrouver la scène du crime. Les deux individus. Une masse à terre. Et le furtif reflet d'une longue lame de couteau !

– Il doit sûrement lui couper les pattes, murmure Peyo.

– Il faut arrêter ça, lâche Bulle. Fais quelque chose ou j'y vais !

– On ne bouge pas, j'ordonne, c'est trop dangereux...

---

7. « Respire » in *Lundi méchant*, Gaël Faye, All Points, 2020.

– Surtout si ce sont des braconniers, enchérit Peyo. Ils ont niqué les gardes, la vérité…

– Mais comment c'est possible ? se lamente Bulle.

– Je ne sais pas, ils étaient là depuis un moment, à l'affût.

– Pourquoi ils couperaient les pattes ? j'insiste, écœurée.

– C'est un trophée, ça vaut cher. C'est comme la tête…

Bulle lâche une série d'injures et, choquée, manque de vomir. Son corps tremble de la tête aux pieds. Comme par réflexe, elle s'assoit en tailleur, prend sa tête dans ses bras et se met en boule. Crise d'angoisse ou d'épilepsie ? Je fais signe à Peyo de la réconforter. S'il nous est impossible d'interrompre le massacre, autant que je trouve quelques indices qui me permettent d'en confondre les auteurs… Mais qui sont-ils ? Des braconniers ? Des anti-ours faisant partie de la mystérieuse confrérie des Belles Demoiselles, ceux qui veulent renvoyer à coups de fusil le préfet à Paris ?

Accroupi près de l'ours, l'individu au couteau se lève soudain, alerté, semble-t-il, par un complice. Je ne le vois pas prendre les pattes, ni quoi que ce soit d'autre… Et toujours impossible de voir leurs visages ! Face à la cage, les quatre individus nous tournent le dos : ils sont de tailles différentes. Un grand, un petit, et deux moyens dont l'un affiche des hanches plus larges que les autres. De loin, on dirait les Dalton…

C'est ce que je chuchote à Peyo et Bulle, en essayant de leur décrire les types.

Le plus petit, ce serait donc Joe, celui qui a été blessé à l'épaule. Le plus grand, ce serait Averell, il fait bien une tête de plus que Joe : c'est lui qui s'est précipité à son secours, qui lui porte une attention particulière. Ces deux-là ont un lien fort, c'est sûr, mais lequel ? Le troisième, « hanches larges », ce serait William. C'est lui qui donne les ordres et qui a tué l'ours. Il parle avec les mains, comme si chaque mot devait être mimé. Et plus je le regarde, plus je me dis que c'est une femme, avec cette manie de remettre sa casquette sur sa tête, comme si elle cachait ses cheveux… « William », une femme de caractère, cheffe des Dalton braconniers des Pyrénées ? Enfin, le quatrième, ce serait Jack, celui qui a utilisé la carabine hypodermique. Barbe épaisse, noire… Le plus réservé de tous ? En tout cas, il obéit aux ordres de William, et sans discuter.

Peyo voudrait regarder lui aussi, mais je lui demande de rester concentré sur Bulle et de prendre soin d'elle. Il ne faudrait surtout pas qu'elle se mette à crier, qu'elle alerte le commando, ou que sa crise empire et nous cloue, ici, très loin d'un possible secours. Je continue à leur décrire ce que j'observe, une grosse boule en travers de la gorge…

William enlève une dernière branche de la cage et ouvre la trappe. Averell tire l'ourson par les pattes. Puis deux de ses complices l'aident à le sortir et à l'allonger non loin de celle qui pourrait être sa mère. Deux masses sombres et inertes, l'une tuée et probablement mutilée, l'autre seulement endormie et peut-être vouée au même destin tragique. J'imagine déjà tout raconter à Marceau. C'est alors que je remarque, pour la première fois, que William tient un appareil près de sa bouche… Un portable ? Un talkie-walkie ?

Leurs gros sacs sur le dos, les Dalton se mettent en marche : William soutient Joe, le bras en écharpe, Jack et Averell portent l'ourson sur le brancard. Tous s'enfoncent sous la sapinière.

Trop impatient de voir la scène de ses propres yeux, Peyo a repris ses jumelles. Les Dalton se dirigent sans doute vers la piste forestière, pour y retrouver un véhicule et probablement un guetteur qui assure leur sécurité. À l'aide d'un talkie-walkie, me souffle Peyo. Pas de réseau, ici. Si nous nous transformions en souris, nous pourrions relever leur plaque d'immatriculation. Je me sens impuissante face à tant d'injustice et de barbarie… Je dois absolument sauver Doudours des griffes des Dalton !

Je range mes jumelles, inspire profondément, abasourdie par ce que je viens de vivre. La rage me déchire le ventre.

Je me tourne vers Peyo et Bulle.

– Restez là, je vais voir ce qu'ils ont fait à l'ours, avec leur maudit couteau. OK ?

– Pas question, rétorque Bulle, qui tremble toujours. Je viens avec toi !

– Moi aussi ! s'exclame Peyo.

Je suis soulagée par leur réaction, à vrai dire, je n'en attendais pas moins d'eux. Rester groupés, c'est faire bloc face à n'importe quel danger.

Nous descendons du gros caillou, chargeons nos sacs et progressons lentement en direction de la clairière, le plus discrètement possible. Cette fois-ci, c'est moi qui mène la danse, Peyo ferme la marche, un couteau accroché à sa ceinture. Ne pas se laisser surprendre. Ni par un homme, ni par un animal.

Je n'ai jamais mis autant de temps pour parcourir cinquante mètres, imaginant que les Dalton ont posé des pièges autour de la cage ! Ils sont déterminés, capables du pire, j'en suis certaine. Méfiance…

Cette fois nous sommes vraiment sur le sentier de la guerre.

En arrivant près de la cage, je pousse un « ouf » de soulagement en ne voyant personne autour de nous.

Je me tourne vers la clairière. Mon soulagement est de courte durée, bientôt balayé par un haut-le-cœur et une soudaine envie de vomir comme jamais. Dos contre terre, l'ours, bras et jambes écartés, ressemble à un supplicié du Moyen Âge. S'il n'est pas attaché à une roue, il a les tripes dehors et baigne dans une mare de sang, le regard opaque. Ses pattes n'ont pas été coupées, comme l'avait cru Peyo.

Mon cerveau est sous haute tension : si les Dalton ne sont pas des braconniers, à l'affût pour emporter des trophées, s'ils ne sont pas des gardes, alors qui sont-ils ? Et comment se sont-ils retrouvés là, pile au bon moment, pour capturer un ourson ?

Bulle, bouleversée par la scène de crime, se réfugie dans les bras de Peyo, qui ferme les yeux.

Une odeur putride sature soudain nos narines et nous oblige à reculer.

Tout en prenant à mon tour Bulle dans mes bras, inconsolable, je réfléchis à la marche à suivre : puisque nous avons été témoins de la capture de Doudours, puis de la mort de l'ours, et que les Dalton vont sans doute emprunter la piste forestière, nous devons prévenir la gendarmerie au plus vite.

Non, d'abord appeler Marceau : il participe à l'enquête sur la mort de Mohican, le gros mâle tué en février. Une enquête qui pourrait rebondir si les Dalton étaient des récidivistes… Et puis, il saura me dire quoi faire sur le lieu du crime. Ne rien toucher, prendre des photos, relever des indices…

Je repense soudain à mon cheval, mort sur une plage bretonne, à mon frère, à la sale odeur des algues pourries qui ont éclaté ma vie[8]…

Prise d'un vertige, je m'accroche à l'épaule de Peyo.

---

8. Voir *Polar vert*, Saison 1, tome 1 : *Les Algues assassines*, éditions Milan, 2021.

– Claire, ça va ?

Mon passé remonte à la surface, mais je l'enfouis mentalement sous la baie de Pont-Mahé.

– Ça va, je mens. C'est juste que…

Inutile d'en dire plus. L'horreur est sous nos yeux.

Je prends le portable de l'association, jette un œil sur l'écran.

– Peyo, tu sais où il y a du réseau, par ici ?

– Sous la crête, là-haut. Pourquoi ?

– Faut appeler les gendarmes, insiste soudain Bulle. Il faut qu'ils arrêtent ces salopards !

Notre regard est attiré par le vol circulaire de trois vautours, au-dessus de la clairière. Ont-ils déjà senti l'odeur de la mort ?

– Ils ont torturé l'ours, je murmure, c'est horrible…

Peyo regarde autour de nous, comme s'il veillait sur notre sécurité, mais je ne le sens pas trop bouleversé par l'odeur de la mort… Même s'il a pris l'habitude de voir des animaux tués, vidés de leurs tripes, à l'instar de biches ou de sangliers tués lors de battues, comment peut-il rester aussi stoïque devant une telle boucherie ?

– Attendez, les filles, il y a peut-être mieux à faire…

– On y va, le coupe Bulle en le poussant légèrement. On n'a pas le choix ! On remonte là-haut, on capte le réseau, et on balance tout !

Les doigts de Peyo brisent nerveusement une branche en petits morceaux.

– Peyo ? C'est quoi ton idée ?

Il évite mon regard. Depuis tout à l'heure, je sais qu'il nous cache un truc mais je ne veux pas le brusquer, ne le connaissant pas assez pour pouvoir anticiper sa réaction.

– Non, rien, il répond en se dirigeant vers la cage.

Je le suis tout en gardant mon sang-froid : à défaut de capter du réseau, que peut-on faire ? Laisser tomber ou…

– Et si on suivait les Dalton ? Si on coupe tout droit, sous les sapins, on pourrait les rattraper, non ?

– Ah oui, enchaîne Bulle, et on fait quoi après ? Coucou, les Dalton, c'est nous, Lucky Luke, on tire plus vite que notre ombre, mains en l'air, mime-t-elle, ce qui fait presque sourire Peyo. T'es pas dans une BD, là…

– La vérité, approuve Peyo.

Je regarde en direction de mon sac à dos.

– Il y aurait bien une autre solution…

– Moi, je n'en vois qu'une, assure Peyo. On remonte sur la crête, pas pour balancer, mais pour observer le manège des Dalton. De là-haut, on pourra les voir sans être vus…

– Le drone, j'annonce fièrement, comme si c'était la seule bonne idée. Les Dalton ne le verront pas, mais nous, on pourra les filmer…

Peyo se tape soudain le front de la main.

– Le boîtier de camouflage, la caméra de l'OFB ! J'ai complètement zappé ! Les Dalton l'ont enlevée, pour ne pas être reconnus, c'est sûr…

Il scrute les arbres situés en lisière de forêt, surtout ceux qui forment le coin de la clairière où nous discutons.

– Si la caméra était dirigée vers la cage, elle devrait être accrochée pas loin, je dis. Tu peux aller voir de plus près ?

Il s'approche de moi.

– C'est quoi, ta solution ?

– Si on filme les Dalton en train de transporter Doudours sur le brancard, ou de le déplacer dans le coffre de leur voiture, on aura de grosses preuves, non ?

– Et s'ils aperçoivent le drone et qu'ils nous retrouvent ? Non, franchement, j'en ai assez vu pour aujourd'hui, murmure Bulle en jetant un œil furtif vers le cadavre. Je n'ai pas envie de finir comme lui, ou elle…

Peyo nous dit de faire comme on veut. Lui, il va chercher des indices, même s'il ne faut pas s'attendre à des miracles. Et après, on rebrousse chemin, le plus vite possible…

J'interroge Bulle du regard, ne voulant pas rompre le silence de plomb qui pèse sur la clairière. Elle ne répond pas tout de suite, perdue dans ses pensées.

J'aperçois une tache de sang sur une barre métallique de la cage. Une fois emprisonné, Doudours s'est débattu. Est-il en train de se vider de son sang ? L'idée qu'il puisse mourir me donne envie de vomir…

Je cours aussitôt vers mon sac à dos, en sors ma trousse de secours. À l'intérieur, un coton-tige et un tube de paracétamol. Je vide les cachets dans ma trousse et reviens près de la cage. Délicatement, j'applique le coton sur la tache de sang et place la tige à l'abri dans le tube.

Je détiens un indice crucial qui permettra à Marceau d'identifier l'ourson, si toutefois il est référencé par le réseau Ours brun… Mon ange gardien est catégorique : tous les ours ne sont pas connus, *a fortiori* ceux qui naissent dans la tanière ou qui n'ont qu'un ou deux ans.

J'inspire une grande bouffée d'air et me dirige vers l'ours sans vie.

De son côté, Bulle a rejoint Peyo, à la recherche de traces laissées par les Dalton.

En apnée, je prends une série de photos de l'ours, une seule vidéo, et lui arrache une touffe de poils que je glisse dans un papier plié. Mon regard est attiré par une mamelle qui pendouille sur le côté : mon cœur se brise en deux… C'était la maman de l'ourson, c'est certain : elle s'est sacrifiée pour défendre sa chair et son sang. Un beau Doudours à la tête ronde, désormais orphelin.

Je reprends mon souffle, pendant que Bulle et Peyo rôdent près des troncs, toujours en quête d'un boîtier de camouflage. S'ils retrouvent une caméra ou un appareil photo, nous en saurons un peu plus sur ce qui s'est déroulé avant notre arrivée.

Je cale le tube et la feuille contenant mes indices dans une poche latérale de mon sac, et, dans le feu de l'action, je sors le drone. Je file d'un pas décidé au milieu de la clairière au moment où un gros nuage blanc et gris passe lentement devant le soleil.

– Claire, regarde !

Bulle court vers moi en tenant un petit objet entre ses doigts.

– C'est une carte mémoire, me dit-elle essoufflée. Je l'ai trouvée au pied d'un sapin, il y avait la marque du boîtier sur le tronc.

– Cool, je murmure comme si personne ne devait m'entendre. Ne la perds surtout pas.

– Non, tiens, me répond-elle. Tu ne le sais pas encore, mais je suis une étourdie, je perds tout !

Peyo nous rejoint, haletant lui aussi, pendant que je glisse discrètement la carte dans la poche intérieure de ma veste.

– Je sais ce qui s'est passé, lance-t-il fièrement.

Nous le dévisageons, intriguées.

– Les deux boîtiers de l'OFB ont été cassés, j'ai trouvé des débris au pied des arbres. Il n'y avait donc pas une, mais deux caméras. Les cartes mémoire ont été enlevées…

– Une est tombée dans l'herbe, ajoute Bulle. Mais l'autre ?

– Les Dalton ont tout pété quand l'ourson est entré dans la cage, imagine Peyo. Ils ne pouvaient pas le faire avant.

– Pour ne pas alerter les gardes de l'OFB ? je poursuis.

– Et mieux que ça, enchérit Bulle.

Nous sommes surpris de sa réaction.

– C'est super-logique, dit-elle, les yeux brillants. Les Dalton, ils ne sont pas descendus des arbres, si ?

– Sûrement pas, je confirme.

– Alors, comment ils ont fait pour savoir que l'ourson était devant la cage ?

– Aucune idée, j'avoue.

– Ils ont capté les images des caméras de l'OFB ?

– Presque, Peyo, presque, dit Bulle, impatiente.

– Ils ont placé leurs propres caméras ! j'en déduis.

– Pour s'emparer de l'ours piégé, annonce-t-elle, satisfaite de sa démonstration.

– Qui n'est pas l'ours à problème ! je persiste et signe.

Bulle me tape dans la main, sans faire de bruit.

Nos doigts s'effleurent, nous sursautons, frappées par un arc électrique. Nos regards s'éclairent comme si une même lumière s'était allumée dans notre cerveau. Nous tenons une première hypothèse…

Grâce à leur matériel, les Dalton étaient à l'affût, prêts à utiliser leur carabine hypodermique pour endormir et emporter l'ours à problème. Pour ne pas être filmés par les gardes de l'OFB, ils ont attendu le dernier moment avant de virer les caméras et n'ont pas retrouvé la carte mémoire éjectée… Un cinquième larron les a sans doute prévenus à l'aide d'un talkie-walkie, mais de quel danger ? Celui de voir arriver les gardes de l'OFB ou les gendarmes plus vite que prévu ?

Dans tous les cas, ils savent qu'une carte est dans la nature et qu'elle contient peut-être des indices de leur passage. C'est sûr, ils vont revenir pour la récupérer, mais quand ?

– Dans tous les cas, je reprends, les Dalton sont super-organisés et dangereux... Peyo, qui peut mettre sur pied un truc pareil, par ici ?

– Je n'en sais rien, marmonne-t-il. Mais ce que je sais, là, maintenant, la vérité, c'est que les gardes ne vont pas tarder, pareil pour les gendarmes, et en hélico en plus !

– T'es dingue ou quoi ? lâche Bulle.

– Oh, redescends un peu de ton étoile, Petit Prince. Installer une cage, capturer un ours, crois-moi, c'est chaud ! Ça fait des années que tout le monde est sur le pied de guerre, la preuve...

– Surtout les Dalton, j'enchaîne. Moi, je dis qu'on n'a pas le choix : faut envoyer le drone...

– Non, proteste Bulle, faut y aller. Ces mecs, ils sont grave dangereux.

– Le drone, c'est notre sécurité, il va survoler les Dalton, nous indiquer où ils sont et où ils vont. On saura s'ils reviennent ici, j'insiste en montrant la clairière du doigt, ou s'ils se barrent. Si on ne parvient pas à filmer leurs visages, on captera peut-être d'autres infos... Vous ne voulez pas savoir qui a fait ça ?

Une nouvelle fois, Peyo fuit mon regard, mais je reste concentrée sur ma mission.

Sac à dos, drone...

Bulle m'encourage d'un petit sourire, même si je sens bien qu'elle est de plus en plus inquiète. La peur d'être surprise par les Dalton, les ampoules aux pieds qui l'empêcheraient de déguerpir, ça fait beaucoup...

Une fois posé au sol, le drone vrombit avant de s'élancer à la verticale et de filer vers le sud-ouest, sur les traces du mystérieux commando.

Bulle et Peyo regardent l'écran par-dessus mon épaule. Je leur demande d'être vigilants, un œil sur l'écran, un autre autour de nous, pour le cas où un animal traînerait dans les parages, attiré par l'odeur de son congénère éventré. Et ce n'est pas le moment de voir arriver des randonneurs qui nous prendraient pour des bouchers !

Mon bourdon métallique prend de l'altitude et s'élève au-dessus de la cime des sapins. Il ne me reste plus que cinq minutes de vol, la batterie sera bientôt déchargée. Je dois faire très attention : plus un drone va loin, plus il consomme d'énergie.

J'aperçois enfin la piste forestière, que les Dalton ont sûrement empruntée, puis un passage canadien, des cylindres métalliques posés au sol qui empêchent les animaux de passer.

C'est alors que Bulle me pousse à descendre vers la vallée, tandis que Peyo me demande de rebrousser chemin. Il estime que les Dalton, ralentis par le transport de Doudours et leur blessé, n'ont pas encore atteint leur véhicule. Faisant confiance à l'enfant du pays, je commande un demi tour au drone, puis je remonte au-dessus de la piste, ce qui me permet d'avoir sous les yeux au moins deux lacets en permanence. Je suis hyper-concentrée, mais je ne vois que du vert, pas une âme qui vive.

Un coup de feu me fait sursauter, suivi de deux autres. Nous nous regardons, effarés, ne sachant d'où vient le bruit, ni si nous sommes les cibles des tireurs.

– C'est à environ deux ou trois cents mètres d'ici, estime Peyo.

– Des chasseurs ? demande Bulle.

– Non, la chasse est fermée. S'il y avait une battue aux sangliers, on aurait entendu les chiens pousser. Et je le saurais. Non, répète-t-il en montrant du doigt la direction prise par le drone, c'est là-bas, les Dalton…

Trois nouveaux coups de feu déchirent le silence de la montagne. Peyo nous fait signe de ne pas bouger, yeux et oreilles en alerte. Je n'en mène pas large, je lutte une nouvelle fois pour que la peur ne me bloque pas le cerveau.

Sur l'écran, nous apercevons enfin trois ou quatre individus et ce qu'on suppose être le brancard, posé à terre près d'un véhicule garé dans une impasse, un bras mort de la piste. Sur le plateau du 4×4, un homme tient un objet à bout de bras… C'est un fusil, pointé en direction de la caméra !

– Comment il a fait pour voir le drone, lui ?

Comme seule réponse, nous entendons un nouveau coup de feu. Sur l'écran du portable, la forêt se rapproche dangereusement, mais je parviens à contrôler la chute du drone. J'en déduis qu'il ne tourne plus que sur trois hélices, la quatrième a dû être brisée. N'ayant jamais été confrontée à ce type d'incident, je me concentre sur le pilotage, un seul objectif en tête : ramener le bourdon jusqu'ici ou le poser le plus loin possible des Dalton. Bulle m'encourage de petits « allez, allez », pendant que Peyo dit qu'on est mal, qu'il faut vraiment se barrer. Au bout d'une vingtaine de secondes, alors qu'il m'est vraiment impossible de maîtriser le drone, des branches viennent fouetter l'écran. L'engin part en vrille, puis plus rien.

Écran noir.

Bulle et Peyo en restent bouche bée.

– Il faut retrouver le drone, je dis, le plus vite possible !

– Mais t'es dingue ? Tu veux prendre un coup de fusil ? interroge Bulle.

– Pas question, assène Peyo tout en faisant marche arrière. On se barre, ces mecs sont trop dangereux !

– Mais vous ne comprenez pas ou quoi ! Vous savez ce qu'il y a sur la carte mémoire ?

Ils se regardent, interloqués.

– Vous, je dis en pointant mon doigt sur eux. Vous, derrière les vautours qui s'envolent ! S'ils mettent la main sur la carte, vous…

– Merde, lâche Peyo, putain de…

Bulle lui pose la main sur la bouche.

– Le drone, on fait comment pour le retrouver ?

– Le GPS n'émet plus, plus aucun contrôle sur la machine. Mais il y a un bip-bip, qui persiste pendant une dizaine de minutes. Je dirais que le drone est à environ cent mètres. À nous trois, on devrait…

– Non, pas question, s'énerve Peyo. On se casse ! Vous n'avez pas compris ou quoi ? Les Dalton, là, ce sont des malades mentaux ! S'ils nous trouvent, on passe à la casserole ! Des fous, je vous dis !

Je le fixe longuement.

– Parce que tu les connais ?

– C'est qui ces mecs ? insiste Bulle. Oh ! Tu parles ou quoi ?

Peyo tourne les talons, je le rattrape rapidement, lui barre la route.

Il me pousse des deux mains, furieux.

– Peyo, si ce sont des malades mentaux, comme tu dis, et qu'ils retrouvent le drone avant nous, ils vont te tomber dessus en moins de deux ! Pareil pour Bulle ! Tu as envie de la retrouver sur un brancard, comme Doudours ?

Bulle implore Peyo du regard, lequel évite le mien. Une idée me frappe alors l'esprit.

– Voilà ce que l'on va faire : tu pars avec Bulle, et moi, je vais chercher le drone. Vous m'attendez là-haut, à côté des bouleaux, OK ?

Je prends mon sac à dos d'une main, mais Peyo m'arrête.

– Tu viens avec nous, insiste-t-il. En montagne, et d'un, on ne se sépare jamais, et de deux, on réfléchit à trois fois : ce qui les intéresse, ce n'est pas le drone, mais nous ! Dans cinq minutes, ils vont être là…

– Pourquoi tu as si peur ? demande Bulle. C'est ça, tu les connais, tu flippes…

– Réfléchissez, merde ! Ils ont plus de chances de nous retrouver, surtout si on reste là, droits comme des piquets, que de tomber sur le drone, et puis…

Il s'arrête soudain de parler, et je devine, dans ses yeux, ce qu'il nous cache depuis le début.

– Et puis ? je demande. Tu connais les Dalton, c'est ça ? Lequel ? Jack ? William, la femme ?

Cette fois totalement affolée, Bulle nous pousse franchement.

– On y va, Peyo a raison, faut se barrer…

– Il y a une grotte, pas très loin, précise-t-il. On n'est pas beaucoup à la connaître, on pourra s'y cacher. De toute façon, les Dalton ne vont pas nous chercher longtemps, ils doivent partir avant que les gardes ou les gendarmes arrivent…

– Mais s'il n'y a qu'une piste, ils vont forcément se croiser, non ?

– Les Dalton ont tout prévu, marmonne Peyo. Sur la piste, ils ont placé des guetteurs, un peu comme on poste des chasseurs pour les battues. Si un convoi monte, leur 4×4 sera aussitôt averti, et il se cachera ou il foncera, droit devant. La vérité, c'est pas très compliqué !

Je capitule. Même si je sais que Peyo nous cache un truc grave, il a raison : les Dalton ne peuvent pas se permettre de laisser des témoins de leur crime dans la nature, surtout s'ils sont des braconniers professionnels.

D'un même mouvement, nous chargeons nos sacs sur le dos et rebroussons chemin. J'ouvre l'application qui me permet de me géolocaliser sans connexion et je fais une capture d'écran de notre emplacement. J'aurai ainsi la possibilité de revenir jusqu'ici, en prenant la clairière comme point de repère.

Tout en rejoignant Bulle et Peyo, j'ai comme l'impression de faire le mauvais choix, il fallait récupérer le drone à tout prix… Sur la carte mémoire, il y a Bulle : il suffit de faire un arrêt sur image, d'agrandir, d'imprimer, de parcourir les villages, le nôtre, de poser trois questions et le tour est joué. S'il devait lui arriver quoi que ce soit, je me sentirais responsable toute ma vie.

La voilà justement qui s'arrête, un masque de souffrance sur le visage. Ses ampoules lui font horriblement mal. Pourvu que sa cheville ne se brise pas !

Peyo insiste pour que l'on continue : l'entrée de la grotte se trouve à environ cinq minutes, et personne ne semble nous suivre. Le seul problème, dit-il, c'est que la sente des bêtes à sabots est en pente raide, presque invisible sous les feuilles mortes.

– Allez, les filles, on y va ! nous encourage-t-il.

Ni une, ni deux, il pose son sac à terre et ôte celui de Bulle, à qui il demande de faire le guet. J'ai de nouveau le cœur qui bat fort, la sueur me coule dans le dos, l'effort me scie les jambes. Je ne panique surtout pas, mais une question me taraude : si les Dalton nous rattrapent, que vont-ils nous faire ? Nous chasser comme des lapins ?

Peyo entasse les affaires de Bulle dans son sac, puis me tend son duvet pour que je l'attache au mien.

– Remets ton sac sur le dos, dit-il à Bulle, il ne pèse plus rien. Et si tes ampoules t'empêchent de marcher, on te portera…

Je suis physiquement épuisée. Psychologiquement, aussi, hantée par la perte du drone, la menace qui pèse sur Bulle et Peyo, et par la scène tragique et mystérieuse à laquelle nous venons d'assister. Pourquoi l'ourse a-t-elle été éventrée sans que les trophées aient été emportés ? Lorsque l'ourson va se réveiller, aura-t-il conscience qu'il ne reverra plus jamais sa mère ? Et que va-t-il lui arriver ? Pourquoi les Dalton ont-ils pris le risque de le voler à sa montagne, et celui de croiser gardes et gendarmes sur la piste forestière, alors que tout le monde sait, ici, que l'ours est une espèce protégée, et qu'il est interdit de le tuer ou le capturer ? Toutes ces questions tournent dans ma tête comme un essaim d'abeilles et me donnent le tournis.

Peyo toujours devant, Bulle et moi reprenons le sentier, marchons sur ses pas, là, sur une pierre, ici, sur une racine. Bulle gémit, mais serre les dents. Je n'ose imaginer l'état de ses talons. Je pense au drone, et me dis qu'il va falloir revenir plus tard même si nous n'avons quasiment aucune chance de le retrouver au milieu de la sapinière, le bip-bip ayant déjà rendu l'âme…

Nous poursuivons maintenant sur un autre versant, toujours sous le bois. La pente devient vraiment raide, la sente est difficilement lisible. Nous plantons le bâton à chaque pas, pour ne pas glisser. En contrebas, j'aperçois un ruisseau qui serpente entre de gros rochers. À première vue, une falaise nous sépare du canyon, mais impossible d'estimer sa profondeur… Vingt, cinquante mètres ?

Peyo est obligé de s'arrêter aussi souvent que Bulle, son sac volumineux lui plombant les épaules. Alors que je me demande où est la grotte secrète, je le vois perdre l'équilibre. Entraîné par le poids du sac à dos, il part en arrière, les yeux exorbités, sans pouvoir s'accrocher à quoi que ce soit. Telle une boule, il tourne une première fois sur lui-même, prend de la vitesse, aspiré par la forte pente. Sous l'effet d'un nouveau roulé-boulé, le sac quitte ses épaules et disparaît dans le canyon.

– Peyo !

CHAPITRE 7

L'OMBRE D'UN PARADIS QUI RESSEMBLE À L'ENFER

La forêt engloutit le cri de Bulle. Le ravin, le lourd sac à dos. Emporté par la pente, Peyo percute un sapin, l'un des derniers avant la falaise. « *My god* », souffle Bulle. Je reste sans voix, à la fois sidérée par la vitesse à laquelle Peyo a déboulé, et par le miracle qui vient de se produire sous nos yeux.

Un arbre vient de sauver une vie.

– Peyo, ça va ? Peyo, tu m'entends ?

Bulle tente de descendre pour l'aider, mais je l'arrête d'une main ferme. Trop frêle, handicapée par ses ampoules aux pieds et sa cheville encore fragile, elle pourrait chuter, se rompre le cou ! Elle insiste mais je l'en dissuade en lui expliquant que ce n'est pas le moment de tenter le diable. Peyo est à une trentaine de mètres et se tient l'épaule gauche en grimaçant. Il vient d'échapper au pire !

– Une corde, je pense tout haut, il nous faut une corde pour le remonter…

– J'avais une corde à sauter, mais Peyo l'a mise dans son sac, dit Bulle, un regret dans la gorge.

– À sauter ?

Pas le temps de barguigner, comme dit Marceau, il y a plus urgent !

Je supprime la corde de ma carte mentale, je m'imagine descendre récupérer le sac de Peyo, tout est possible quand on le désire à bloc, mais nous n'avons pas le temps… Les Dalton sont peut-être sur nos talons, alertés par le cri de mon amie.

J'ôte l'écharpe de mon sac, prends le bâton de Bulle, le mien, et je commence à descendre lentement, telle une chèvre, avant de dévaler carrément sur les fesses. Je prends appui sur de rares sapins et poursuis en lacets.

Adossée à un arbre, encouragée par les mains jointes de Bulle, je reprends mon souffle. Pensée positive. Je vais y arriver. Les Dalton ont d'autres chats à fouetter. Peyo peut marcher. On va aller se planquer dans la grotte et on avisera.

De nouveau sur les fesses, je rejoins enfin Peyo, qui se tient toujours l'épaule, assis contre le large tronc. Il fait bonne figure mais je l'ai connu en meilleure forme.

– Rien de cassé ? Tu peux te relever ?

– Juste l'épaule et le dos en vrac, mais ça va aller, merci, souffle-t-il du bout des lèvres.

J'ose un regard derrière l'arbre du miracle : ce n'est pas totalement à pic, mais personne ne pourrait survivre à une chute d'environ trente mètres, d'autant que des rochers saillants sont dressés vers le ciel comme les dents d'une herse. J'aide Peyo à se relever et utilise mon écharpe pour immobiliser son bras douloureux.

Il récupère le bâton de Bulle, entame la remontée en le plantant à chaque pas : Bulle lui tend les bras, tout en regardant à droite, à gauche. De sa main valide, Peyo s'accroche à des bouts de racine. Je le pousse de toutes mes forces, le retiens avec mon épaule lorsqu'il s'arrête. Mon front dégouline de sueur, mes muscles sont tétanisés. Plus que cinq, quatre, trois mètres… Bulle descend sur les fesses, elle m'aide à pousser Peyo au pied d'un sapin. Ouf, sauvé !

Elle lui passe délicatement le bout du pouce sous les yeux, comme si elle voulait vérifier qu'il est bien là, vivant parmi les vivants, et pose ses deux mains sur son épaule meurtrie, puis sur son coude.

– Rien de cassé, annonce-t-elle, comme si elle avait le pouvoir de lire à travers son corps. Tu m'as fait une de ces peurs…

Elle laisse sa main en suspension au-dessus de son épaule et marmonne comme une prière entre ses lèvres. À une dizaine de pas, j'aperçois un arbre déraciné, sans doute par une violente bourrasque. Enserrées dans un amas de terre, les racines forment une sorte de table végétale que l'on aurait renversée.

Je pousse Bulle et Peyo vers ce bouclier naturel, et leur demande de s'asseoir pendant que je fais le guet. Aucun bruit ne circule sous la sapinière. Ça, c'est presque flippant !

Bulle impose de nouveau sa main sur le coude de Peyo, qui ne dit mot.

– Bulle, tu fais quoi ? je lui lance un peu agacée.

– Je le guéris, ça se voit pas ?

Je hausse les sourcils, elle ferme les yeux, hyper-concentrée :

– « On ne voit rien, on n'entend rien, récite-t-elle, et cependant quelque chose rayonne en silence. L'ombre d'un paradis qui ressemble à l'enfer. »

– C'est une prière ? je lui demande.

– J'ai piqué ça au *Petit Prince*, et ça marche à chaque fois. Je sens la chaleur, et j'enlève l'hématome, direct !

– T'es une sorcière ? interroge Peyo d'un souffle.

Bulle sourit, son visage s'illumine soudain, ce qui rend encore plus mystérieux ses yeux vairons. Plus magicienne que sorcière en fait !

Elle replie ses doigts autour de ses pouces.

– Je prends le mal, et je le rejette hors de mon corps, comme ça, mime-t-elle en ouvrant ses mains d'un coup sec. Et Peyo, c'est une boule de feu, de partout, la chute l'a grave secoué...

Est-elle folle ou y croit-elle dur comme fer ? Je me le demande...

Peyo ne répond pas, fait non de la tête.

Je ne suis pas une « sorcière », mais je crois deviner ce qui passe dans ses pensées : il se sent coupable de ne pas avoir été assez prudent, d'avoir imaginé qu'il serait assez solide pour porter plus de trente kilos sur le dos, et de ne pas m'avoir écoutée...

Rassurée de ne pas voir surgir l'un des Dalton fusil en main, je charge mon sac sur le dos et propose de retrouver la grotte le plus vite possible. Peyo serre les dents, mais il peut marcher, c'est déjà ça. Je lui propose des granules d'arnica, j'en ai toujours un tube à portée de main, mais il les repousse de sa main valide. Tant pis pour lui !

– La grotte, je reprends, elle est où ?

– Remontez sur la crête, je vous rejoins plus tard.

– Pour quoi faire ?

– Faut que je récupère le sac, et surtout mes jumelles, grommelle-t-il. Y a un chemin qui longe le canyon...

– Pas question, répond Bulle. Tu l'as dit toi-même : en montagne, et d'un, on ne se sépare jamais, et de deux, on réfléchit à trois fois. Claire a raison : on va jusqu'à la grotte, on verra après !

Peyo a peur. S'il a pris un gros risque en empruntant une sente raide, c'est parce qu'il fuit un danger encore plus grand, mais lequel ?

Il hésite un temps, grimace une nouvelle fois.

– À mon avis, les Dalton sont déjà loin, pas la peine d'aller se planquer…

– Comment tu sais ? je lui demande droit dans les yeux.

– Je les connais, lâche-t-il sans réfléchir. Ils…

Peyo s'arrête soudain de parler, il en a trop dit. Bulle et moi échangeons un regard.

Il se pince les lèvres, marmonne des mots incompréhensibles. Mon intuition me dit que je ne dois pas le brusquer, ni lui demander de but en blanc s'il connaît vraiment les Dalton, et de qui il a tellement peur… Si j'insiste, il va se braquer et je n'aurai aucune idée du risque que nous courons, ensemble.

Alors j'enchaîne du ton le plus neutre possible :

– T'as raison, Peyo. On va remonter sur la crête et trouver du réseau…

– Et appeler les secours, enchaîne Bulle tout en adressant un beau sourire à notre guide, toujours assis contre les racines.

– Et les gendarmes, j'ajoute. On a des infos d'enfer à leur filer, l'enquête va être vite pliée…

– Faut arrêter ces salopards le plus vite possible, dit Bulle, et libérer Doudours !

– Non, rétorque Peyo. Pas les secours.

Et il ajoute, sans trop y croire :
– Ça va aller pour moi, la vérité.
– Je me charge d'appeler les gendarmes, affirme Bulle.
– Non, pas ça, supplie-t-il. Je vais me faire tuer…
– Mais on n'a rien fait, insiste Bulle.
Les genoux repliés contre son torse, il évite de nous regarder.
– Peyo, je lui dis tout doucement en m'accroupissant près de lui, c'est quoi le problème ? Un jour ou l'autre, les gendarmes, ils découvriront qui a tué l'ourse…
– Tu parles ! lance-t-il. Vous croyez quoi ? Tout le monde sait qui a tué Mohican et d'autres ours avant lui, mais y a personne qui bouge le petit doigt, à commencer par les poulets…
– Mais, là, ce n'est pas pareil, avance Bulle. On a tout vu…
– Oui, nous trois ! Si on retrouve le drone avant les Dalton, on pourra identifier le 4×4. Les coupables seront démasqués, on ne sera pas inquiétés.
– Sauf que les Dalton sont malins comme des singes, nous met en garde Peyo.
– S'ils retrouvent la carte mémoire, ils lanceront sûrement une rumeur pour se dédouaner, ils diront que c'est nous qui avons tué l'ourse… je conclus amère.
– Je vais me faire tuer, répète Peyo.
Nous restons silencieux un instant. J'essaie de réfléchir à toute allure.
– Voilà ce qu'on va faire ! On appelle les poulets, on leur dit tout. Après, on récupère le drone, la carte mémoire, ton sac à dos. OK ?
J'inspire profondément, sûre de moi.
– Si je vais voir les gendarmes, je suis mort, mort et enterré ! répète Peyo.

– Mais pourquoi ? demande Bulle d'une voix angoissée.

Il se lève péniblement, jette un œil autour de lui. Bulle tente de l'aider à se redresser, mais il la repousse de la main droite.

– Mon père, il me tuera si je cafte aux poulets, et s'il apprend que j'étais avec vous deux…

– Tu ne lui as pas dit que tu nous accompagnais ? s'étonne Bulle.

– J'ai dit à mes parents que je partais avec un pote du village, on monte souvent ensemble à la cabane de la mine pour y passer la nuit…

– Tu as peur de te montrer avec nous ? Des étrangères, c'est ça ? s'insurge Bulle. Mais t'es qui, toi !

Elle nous tourne le dos aussi sec, furieuse. Je regarde Peyo avec insistance pour qu'il nous dise enfin pourquoi il a si peur de son père.

– On est dans la même galère, Peyo. Et, perso, je n'ai pas envie de me prendre des coups de fusil. Alors, soit tu nous confies « la vérité », comme tu dis, soit je vais trouver du réseau et je balance tout.

Peyo lève les yeux sur moi, hésite de longues secondes.

– OK, dit-il en se tenant le dos. Je crois bien que mon père fait partie des Dalton…

– Merde, lâche Bulle. Tu l'as reconnu ? T'es certain ? C'est lequel ?

Il ne répond pas, l'aveu lui est trop pénible, mais je crois deviner :

– Ton père, c'est Averell, le plus grand des Dalton, c'est ça ? C'est un membre des Belles Demoiselles !

Je lève soudain les yeux au ciel.

Pour la première fois depuis l'apparition de l'ourse en fureur, nous entendons un bruit du sauvage. Le croassement d'un corbeau. À travers la cime des arbres, l'oiseau noir tourne autour d'un rapace de grande taille. Longue queue arrondie, le bout de ses larges ailes écartées, c'est un aigle royal, presque insensible à l'attaque du corbeau !

Mon sang ne fait qu'un tour.

– Je grimpe sur la crête et j'appelle les gendarmes !

– Non ! crie Peyo. Tu ne bouges pas ! Pigé ?

Je le défie du regard. L'épaule en compote, il ne pèse pas lourd s'il veut m'empêcher de déguerpir. Ou combattre. Pour de vrai. Peyo s'entête, il voudrait nous convaincre : surtout ne pas témoigner, rester en dehors de la folie des Dalton, ne pas se mettre à dos les chasseurs et toute la vallée…

Bulle s'approche de lui, mais il se tourne, renifle à plusieurs reprises, voûté et tremblant. Il nous cache ses larmes, il a honte de son père, de lui-même…

Je me cale contre son dos, pose ma main gauche sur sa hanche. Il me repousse, mais je ne cède pas :

– Peyo, on ne peut pas laisser courir des bouchers dans la nature, ce n'est pas possible, je lui murmure au creux de l'oreille. Je comprends que tu aies peur, mais, tu le sais, d'une façon ou d'une autre, ton père, ta mère, ils vont savoir que tu es parti avec nous. Si ton père ou ses complices découvrent notre carte mémoire, ils sauront que nous les avons filmés. On n'a pas le choix. On doit tout balancer aux…

Je suis soudain prise d'un vertige. Je ferme les yeux, le temps de comprendre le message que mon cerveau me délivre : Klervi, tu ne peux pas ! Impossible de faire une déposition à la gendarmerie sans donner ta véritable identité. Impossible d'expliquer aux gendarmes, même avec l'aide du capitaine Marceau, que tu fuis la mafia des civelles. Impossible que ton entourage, et surtout ton amie Bulle, soit informé de la véritable raison de ta mise au vert dans les Pyrénées… Tu te trimbales avec un vrai-faux document, la copie d'une carte d'identité sur laquelle est écrit « Claire Marzann », avec 2 *n* au lieu d'un seul, où l'on peut voir ta bouille avec des cheveux courts, mais c'est juste un laissez-passer, rien de plus !

Je suis déboussolée… Il y a deux minutes, j'allais chercher du réseau, là-haut, et, maintenant, j'espère que Peyo va m'en empêcher !

La main de Bulle frôle l'épaule meurtrie, puis la nuque du blessé tout en convoquant une nouvelle fois *Le Petit Prince* : « L'ombre d'un paradis qui ressemble à l'enfer. »

Peyo tend sa main, Bulle lui donne timidement la sienne. Il ne sait plus quoi faire…

Dans ma tête, c'est la tempête : je suis tiraillée entre la nécessité de participer à la « manifestation de la vérité », comme dirait Marceau, et celle de ne pas me dévoiler, mais aussi bien sûr de ne pas mettre Peyo dans une situation périlleuse. Si son père est l'un des bouchers de la clairière, jusqu'où serait-il capable d'aller pour ne pas perdre la face si les gendarmes l'interrogent ? Deviendra-t-il fou, comme on le voit parfois dans les faits divers ? Tuera-t-il son fils, sa femme, les voisins, les brebis, avant de retourner le fusil contre lui ?

– Je suis à fond pour que l'on prévienne les gendarmes, dit soudain Bulle en levant la main. On vote ?

Elle ne va pas s'y mettre, je rêve !

Peyo marmonne des injures, blanc comme un linge.

Mon regard passe du sous-bois, sombre et étrangement silencieux, au combat aérien que se livrent les oiseaux. En apercevant l'aigle royal battre soudain des ailes et laisser sur place le corbeau qui se prend pour plus fort qu'il n'est, je suis frappée par une idée qui pourrait servir la vérité et nous protéger… Et surtout me permettre de ne pas dévoiler ma véritable identité !

– Moi, je ne veux pas avoir de mort sur la conscience, c'est déjà assez pénible de savoir que Doudours ne reverra plus jamais sa mère…

– Mais… Claire, c'est toi qui à l'instant voulais…

Je les regarde intensément tous les deux.

– Vous êtes prêts à tout pour sauver Doudours ?

Bulle laisse échapper un long soupir, habitée par le doute.

– C'est quoi, ton plan ?

CHAPITRE 8

LE VENT DU SAHARA

Le grésillement du talkie-walkie me réveille en sursaut. Je rêvais que je marchais dans un champ recouvert de toiles d'araignée, des toiles qui s'accrochaient à mes chevilles et m'empêchaient de cueillir des iris et des coquelicots...

Je m'étire, bâille longuement. Une image jaillit dans ma tête. Trois mains qui n'en font qu'une. Un pacte : ne rien dire de ce que nous avons vu à qui que ce soit. Deux missions secrètes : retrouver qui se cache derrière Joe, Jack, Averell et William ; et surtout libérer Doudours des mains des Dalton ! Ça paraît fou pour Peyo et Bulle, mais pas pour moi... Impossible de rester les bras croisés face à une telle barbarie !

– Claire, tu me reçois ?

Je pousse la couette sur le côté, pose mes pieds nus sur un faux plancher en plastique.

– Cinq sur cinq. Tu es matinal, tu fais quoi ?

Depuis que nous avons pris possession des bungalows, il y a quinze jours, Marceau tient à ce que l'on se tutoie. Au début, j'ai eu un peu de mal, mais je m'y suis faite assez rapidement. Et ici, pas grand monde n'utilise le vouvoiement.

– Il est huit heures, t'embauches dans une heure, allez, debout ma grande !

Je ne sais pas comment il fait, mais tous les matins, c'est pareil : sa voix est douce et rassurante. Faut dire qu'il a déjà fait sa course à pied, ses pompes, pris sa douche et son petit déjeuner.

– Et cette sortie en montagne ?

Il me prend de court.

– Super…

Pourvu qu'il ne me demande pas si j'ai vu un ours !

– Bon, je vois que t'es pas trop réveillée, me chambre-t-il. Je te laisse, je pars pour la journée, mais ne t'inquiète pas si je ne rentre pas ce soir. OK ?

Ouf, il n'a pas insisté.

– Marceau ?

– Cinq sur cinq…

– N'oublie pas ton appareil photo…

– Jamais de la vie.

C'est devenu un rituel, comme un rappel à nos légendes respectives. Lui, pas gendarme mais photographe animalier, sur les traces des trois grands prédateurs : lynx, loup, ours – même si le lynx, officiellement, a disparu des Pyrénées depuis belle lurette. Moi, pas « mise au vert », ni surveillée comme du lait sur le feu, mais juste volontaire au sein de l'association dirigée par Bernat Massax. Le seul, ici, qui a été mis dans la confidence de ma protection temporaire par son ami d'enfance, Marceau Soldani. Et de l'usage de mon second prénom, mais rien de plus : Bernat ne doit pas être mêlé, de près ou de loin, à mes affaires judiciaires. Pour mon bien-être, et le sien.

J'imagine Marceau dans son bungalow, situé près du mien, en train de préparer son sac à dos, le « talk » à la main. Je suis certaine qu'il part « traîner dans les parages » comme il dit, yeux et oreilles grands ouverts pour « choper » des informations au sujet des tueurs de Mohican, et des Belles Demoiselles ayant posté la vidéo *Ours dehors, homme debout!* sur YouTube. L'appareil photo autour du cou, en guise de « couverture », évidemment!

Officiellement, il a mis sa carrière de gendarme entre parenthèses, renouant avec « le » rêve de son enfance : photographier la nature. Son pays qu'il connaît sur le bout des doigts, des forêts françaises aux canyons espagnols. Son pays qui suinte de secrets bien gardés…

S'il savait que je possède une série de photos et la vidéo de l'ourse éventrée!

– Claire, crache soudain le talkie-walkie, tu pourrais me prêter ton drone? Le mien est en panne.

Je ne m'y attendais pas!

– Heu, non, non, je bredouille et j'improvise, c'est Bulle qui l'a gardé. On a eu un petit souci avec les hélices. Je suis désolée…

Mon cœur s'emballe.

– Pas grave, répond sa voix métallique. Je vais faire sans. De toute façon, dehors il fait un vent à décorner les bœufs. T'as jeté un coup d'œil? C'est le Sahara. Terminé.

Je pose le talkie-walkie sur ma table de chevet improvisée, un tabouret en bois. Je serre mon doudou contre moi. Impossible de chasser de mes pensées la journée noire que nous avons vécue hier… J'ai beau me répéter que j'ai une chance inouïe d'avoir croisé le chemin de l'ours Saxo, que cela tient presque du miracle, rien n'y fait…

Doudours, es-tu toujours vivant ?

Je tire légèrement le rideau et aperçois Marceau qui monte dans sa voiture. Où va-t-il ? J'imagine qu'il est déjà au courant de ce qui s'est passé en montagne, qu'il est de nouveau sur le pied de guerre. Deux ours tués en deux mois... Comme l'a dit et répété Peyo en redescendant de la montagne, le visage crispé par la douleur : « Ça va saigner, la vérité. »

Je file sous la douche, me noie sous un flot de larmes interminable. Pourquoi n'ai-je pas fui avec Lucas, au bout du monde ? Le reverrai-je un jour ? Me pardonnera-t-il ? Marceau m'a dit qu'un chagrin d'amour, c'est un deuil, mais qu'en perdant l'autre et tout ce que l'on a vécu avec lui, il ne faut surtout pas se perdre soi-même. Est-ce cela l'adolescence, perdre son innocence et son premier amour ? Est-il écrit quelque part, dans le ciel, que je dois surmonter toutes ces épreuves, et si oui, pourquoi... Pourquoi ?

Lucas me hante, je m'accroche à son sourire, fredonne un air de Jennifer repris par Pomme que nous chantions *mezzo voce* en roulant à vive allure dans la Mustang :

Tellement de rêves qui se trouvent gâchés
À vivre tout, juste pour s'évader
Est-ce que nos peurs valent à ce point la peine
Pour exiger aussi peu de nous-mêmes
Donne-moi le temps
D'apprendre ce qu'il faut apprendre
Donne-moi le temps
D'avancer comme je le ressens[9]*...*

9. « Donne-moi le temps » in *Jennifer*, Jennifer, Mercury Universal, 2003.

Je me sèche rapidement les cheveux. Coup d'œil express dans le miroir. Reflet de Jez. Sa voix, c'est aussi ma petite voix, celle qui me conseille, m'interroge, me hait aussi parfois, me dit « fais pas ci, fais pas ça », me file un peu d'espoir ou me rend nostalgique. Celle qui m'encourage à bouger, à mobiliser mes cinq sens : la vue, l'ouïe, le goût, l'odorat et le toucher. À renaître, ici, au contact de la puissance et de la fragilité de la nature et de la folie des hommes.

Au pays du *moussu*.

Ce lundi matin, Jez n'est pas en forme. Il a les traits tirés, les joues creuses. Il ne veut ni mascara, ni rouge à lèvres, rien qui puisse le faire ressembler à sa sœur.

Je lui tire la langue, soupire longuement, file dans la petite cuisine, me coupe un bout de fromage, du pain d'épeautre, fais chauffer de l'eau, reviens dans la chambre, enfile ma tenue du lundi : pantalon marron, poches sur les côtés ; pull beige, ras du cou, l'écusson de Nature & Pyrénées sauvages collé sur l'épaule gauche.

Même s'il est assez cool, Bernat tient à ce que l'on porte l'écusson le lundi, jour de la réunion hebdomadaire, et lorsqu'on distribue des brochures de l'association dans les villages ou au départ des chemins de randonnée. Et bien sûr le samedi matin, jour de marché à la ville : on y va en voiture, c'est à cinq kilomètres du village, ou à pied en empruntant un raccourci, un chemin en lacets qui tombe sur le gave – le ruisseau qui charrie l'eau des montagnes et traverse la ville.

Je ferme la porte du bungalow, à clef pour la première fois. J'ai téléchargé les photos et la vidéo sur mon ordinateur portable, un cadeau de Marceau, puis sur deux clés USB : j'en ai planqué une dans le tube d'une chaise métallique ;

l'autre, je vais la donner à Bulle… Deux sauvegardes valent mieux qu'une !

Dans mon sac à dos, j'ai glissé le tube contenant le sang de Doudours et l'enveloppe abritant les poils de l'ourse. Je vais remettre le tout à Lucie, ma responsable au sein de l'association, et bénévole pour le réseau Ours brun. Je suis impatiente de savoir ce que révéleront les analyses génétiques…

Le vent souffle par rafales, les nuages filent à grande vitesse dans un ciel laiteux. Situé sur une pente assez raide, face aux montagnes, le camping des Ostalets s'étale sur deux grandes marches. Sur le premier plat, une vingtaine de places pour tentes et caravanes. Vides au mois d'avril. Au-dessus, trente bungalows, dont celui de Marceau et le mien, côte à côte, et tout au fond, près de la forêt et du raccourci qui rejoint la ville, dix petites maisons en bois. En anglais, pour faire chic, on dit *tiny house* ; en occitan, pour faire local, c'est une ostalet – on dit « oustalet ». *Camping* étant mystérieusement resté en anglais.

Dix petites maisons modulables, autonomes en énergie, toutes agrémentées d'une terrasse exposée au sud, vers lesquelles je me dirige tandis que j'aperçois une couleur inhabituelle, tout là-haut sur les cimes, comme si le manteau blanc et neigeux avait changé de couleur. Je sors mes jumelles et n'en crois pas mes yeux : la neige est couleur sable, on dirait une photo en sépia, jaunie par le sable du Sahara ! J'en profite pour fouiner le ciel, à la recherche d'un rapace, je scrute une falaise, là où doit être caché le nid du couple d'aigles, quand une main m'attrape l'épaule. Je crie et sursaute à la fois !

– Tu m'as fait une de ces peurs !

Bulle saisit mon visage entre ses mains et m'offre un sourire complice.

– Va falloir qu'on se serre les coudes, pas vrai ?

Elle a remis ses mains dans les poches de son long imperméable noir, lequel cache la tenue réglementaire.

– Et tes ampoules ?

– Une boucherie, lâche-t-elle avant de poser une main devant sa bouche comme si elle venait de dire une énormité. Pardon…

Je l'étreins, pas besoin d'en dire plus.

Elle me prend la main et m'entraîne dans sa maisonnette en bois.

Peyo est assis sur un petit canapé glissé sous la bibliothèque-escalier. Je lui rends son bref sourire. Hier, sur le chemin du retour, nous avons prévu de nous retrouver chez Bulle, les idées claires, pour faire le point. Peyo n'a d'yeux que pour notre hôtesse, qui s'est dessiné une larme noire sur la joue et nous tend la carte mémoire trouvée hier, près du lieu du crime.

– On regarde ensemble ?

Pendant qu'elle ouvre son portable, Peyo me rassure sur son état : plus de peur que de mal, avec juste l'impression d'avoir été roué de coups de la tête aux pieds. Il joue au rugby, il a l'habitude. La bonne nouvelle, c'est que ses parents ne se sont aperçus de rien. Aujourd'hui, il n'ira pas au lycée : il a réussi à convaincre sa mère qu'une forte migraine l'empêcherait de se concentrer…

– Et ton père, il était où hier ? je lui demande.

– Il était invité chez des amis…

– Des chasseurs ?

– Oui, pour la plupart. Mais la chasse est fermée, et il n'y avait pas de battue aux sangliers…

– Tu as vérifié ?

– Non… Pourquoi ?

– Devine, lâche Bulle en soupirant.

Pas futé, Peyo.

– Fais-le, s'il te plaît. Et surtout, j'insiste, tente de savoir ce qu'il faisait en fin de matinée…

– Oui, oui, murmure-t-il d'un ton peu convaincant.

Peyo se lève difficilement, pose ses mains sur la table et évite de croiser mon regard. J'ai mille questions à lui poser, mais je n'insiste pas : son cerveau est aussi meurtri que son corps… Et je n'ai pas envie de passer pour une emmerdeuse, ce n'est vraiment pas le moment.

Sur l'écran de son ordinateur, Bulle fait défiler les images prises par la caméra thermique de l'OFB. De jour ou de nuit, les yeux rouges ou ronds comme des billes, on y voit un renard, deux sangliers, un cerf, deux chiens – errants, précise Peyo, les pires, on ne parle jamais d'eux mais ils font dix fois plus de dégâts en estives que les ours. Jusqu'à ce qu'apparaisse, comme nous l'avons vu depuis le rocher, Doudours, le nez au vent. Il regarde derrière lui, se lève légèrement sur ses pattes arrière et disparaît de l'écran. Puis il se frotte contre un arbre, presque à l'embrasser, trop mignon ! Nouvelle séquence : une masse sombre traverse le champ de vision, à vive allure. Sa mère…

J'évite de repenser à la suite, j'ai assez pleuré comme ça.

– Là, regardez !

Bulle met le doigt sur l'écran pour zoomer sur l'individu « flashé » par l'appareil. Tenue de camouflage, une cagoule sur la tête. Deux trous mais impossible de voir distinctement ses yeux. Il court lourdement vers l'objectif, sa main gantée grossit de plus en plus. Écran noir.

Dans un silence de cathédrale, Bulle refait défiler la dernière séquence, en s'arrêtant d'abord sur la cagoule trouée. Un détail attire mon attention : l'individu a des hanches aussi larges que ses épaules… Cela conforte notre hypothèse : William est bien une femme ! Celle qui a tué l'ourse, parlé au talkie-walkie et sauvé Joe, le plus petit des quatre, blessé à l'épaule. La cheffe du commando ? Peyo est formel : la seule femme qu'il connaît capable de chasser et de braconner à la fois, c'est sa tante Marthe, la sœur de son père. Le braconnage, c'est une longue tradition familiale… L'isard, le cerf, c'est pour le trophée, les cornes, un peu pour la viande aussi. Le chevreuil, pour la viande. Le grand tétras pour l'empailler, plus rarement pour la reproduction si l'oiseau est capturé vivant, ce qui n'est pas facile…

Il nous confie que Marthe vit avec Daniel, un « mec pas d'ici avec un passé chelou », et que le couple tient *Le Bar des amis*, en ville. Des amis surtout chasseurs, il ajoute, comme s'il venait de trahir les siens.

– Et ce Daniel, il pourrait aussi être mêlé à tout ça ? je demande.

– Il chasse, braconne, oui, il est brun, articule lentement Peyo, et il porte souvent une barbe…

– Donc ce serait lui qui a utilisé la carabine hypodermique, ajoute Bulle. Mais on trouve ça où, Peyo ?

– Je crois qu'il faut une autorisation spéciale, dit-il. Faut voir du côté des vétérinaires, des gardes ou des gendarmes. Mais sans le produit anesthésiant, ça ne sert à rien d'avoir une carabine…

– Pas bête, Peyo, dit Bulle en lui donnant une petite tape sur l'épaule. Tu vois, tu ferais un bon détective. Pas vrai, Claire ?

– On tient une première piste, j'enchaîne. Marthe, c'est William, Daniel, c'est Jack. *Le Bar des amis*, c'est le quartier général des Belles Demoiselles, où se retrouvent des chasseurs qui sont aussi des éleveurs…

– Et peut-être quelqu'un qui peut leur fournir, en douce, la carabine et le produit…, poursuit Bulle. Pas mal pour un début, non ?

Je me dis que Marceau doit avoir un tas d'infos à ce sujet… Comment le faire parler, lui qui ne dit jamais un mot sur ses enquêtes ?

Nous poursuivons la lecture de la carte mémoire.

Nouveau détail : la date et l'heure exacte figurent dans un coin de chaque séquence. 66 secondes séparent la course de l'ourse du gant noir. Nous refaisons le film, tel que nous l'avons vu, et ça colle : William a tué l'ourse, posé le fusil avant de filer vers un arbre pour décrocher la caméra, ôter puis perdre la carte mémoire. Les Dalton savaient donc où étaient disposées les deux caméras qui surveillaient la cage. Ils savaient qu'à partir du moment où ils seraient vus, en direct, par ceux qui ont posé le piège, et qu'ils mettraient les appareils hors de service, le plan d'urgence serait déclenché quelque part dans la vallée. Ils savaient qu'ils auraient le temps de rejoindre leur véhicule, un ours sur le brancard, mort ou vif, et de disparaître avant que les gardes n'arrivent…

Qui les a renseignés ?

Pour l'instant, aucune réponse, mais Peyo en est convaincu : les Dalton se sont volatilisés. Dans le cas contraire, la rumeur aurait déjà balancé les noms des quatre brigands et des Lucky Luke qui les auraient chopés.

Nous sommes pour l'instant les seuls à savoir que deux grains de sable ont perturbé la capture de l'ours à problème avant que le vent du Sahara ne recouvre la scène de crime :

un, c'est un ourson des plus innocents qui s'est fait piéger, entraînant la mort de sa mère ; deux, les Dalton n'ont pas récupéré la carte mémoire de la caméra thermique...

Nous détenons la preuve visuelle que Doudours et au moins un membre du commando étaient présents dans la clairière, probablement une femme portant une cagoule.

– Une cagoule !

Bulle et Peyo sursautent.

– Bulle, tu peux retrouver, sur YouTube, la vidéo des Belles Demoiselles ?

Comme il n'y a pas de wifi au camping, elle utilise un partage de connexion entre son téléphone et son ordinateur. Je l'avais remarqué lors de ma première visite, moi qui n'ai pas de réseau, et juste un vieux téléphone portable me reliant à Marceau.

En trois mots-clés, nous voilà face à la fameuse vidéo, postée il y a deux mois, juste après la mort de Mohican.

Titre : *Les Belles Demoiselles ouvrent la chasse à l'ours dans les Pyrénées ! Ours dehors, homme debout !*

La vidéo a été vue plus de cinq cent mille fois mais les commentaires ont été désactivés. Je me demande qui l'a postée et a pris le risque d'être identifié. J'imagine que Marceau doit le savoir, vu les moyens techniques dont disposent les gendarmes, et que l'auteur de la vidéo a été interrogé... Mais est-il lui-même un membre des Belles Demoiselles ? Il est très facile pour un geek, aujourd'hui, de brouiller les pistes et de les effacer en quelques clics.

Comme si elle avait lu dans mes pensées, Bulle ouvre une autre fenêtre, saisit plusieurs mots-clés – enquête, ours, Mohican... Hormis des articles sur la mort du « dernier ours des Pyrénées » et sur les manifestations pro et anti-ours ayant bousculé l'actualité partout en France, pas une ligne sur un témoin entendu ou un coup de filet des enquêteurs. Une information judiciaire a été ouverte pour « participation armée à un attroupement par une personne dissimulant son visage afin de ne pas être identifiée ». Une condamnation vaudrait cinq ans de prison ferme à un cagoulé armé…

Rien n'a filtré dans les médias, l'enquête semble au point mort. Peyo nous le confirme. À table, au camping ou dans son garage spécialisé dans la réparation des 4x4, son père dit à qui veut l'entendre que l'enquête, c'est comme l'ours : elle est déjà morte avant d'être lâchée dans la nature !

Il rit, pas nous.

Nous regardons à trois reprises la vidéo, qui dure une minute. Format idéal pour qu'elle soit diffusée sur Instagram, fait remarquer Bulle. Ce qui me frappe, c'est la démonstration de force : en tenues de chasse ou de camouflage kaki ou noires, en jeans et pulls pour certains, les Belles Demoiselles portent des cagoules et des armes. Tous.

La vidéo a été tournée de nuit : une puissante lampe torche éclaire l'un après l'autre chaque « résistant », comme l'indique la voix du porte-parole qu'il nous est difficile, à Bulle et moi, de bien comprendre. La voix de l'homme est rocailleuse, et il prend un malin plaisir à laisser rouler les *r* dans sa bouche…

Pyrrrrénées, terrrrrrre des liberrrrrrtés.

Son message est clair : il dénonce la lâcheté de l'État français, la nomination d'un préfet pro-ours, la férocité des ours slovènes, l'énorme connerie de les avoir lâchés au milieu des troupeaux de brebis innocentes, et annonce la décision de rouvrir la chasse à l'ours, de mener une résistance active face aux agents corrompus de l'État, et, enfin, d'attraper tous les ours et de les regrouper en Espagne.

Ours dehors !

Pendant que les individus lèvent leurs fusils, leur porte-parole poursuit sa diatribe et fait référence à « la guerre des Demoiselles », une révolte qui a eu lieu aux alentours de 1830 : des montagnards, déguisés en femmes, attaquaient les grands propriétaires et les gardes forestiers pour protester contre l'interdiction de faire pâturer le bétail en sous-bois. « Aujourd'hui, lance la voix rauque d'un ton menaçant, les Demoiselles sont de retour ! »

Un roulement de *r* conclu par une salve de coups de fusil.

J'avoue ne pas me sentir très bien. Ces gens-là ne plaisantent pas, c'est certain, et j'en ai la preuve : ils se sont donné tous les moyens pour capturer l'ours à problème, pour le transporter quelque part en Espagne ou le faire disparaître... Et s'ils retrouvent mon drone, visionnent les images, on est mal !

Imperturbable, Bulle met régulièrement la vidéo sur pause pour tenter d'y déceler un détail qui pourrait faire avancer notre enquête. Elle s'arrête sur chaque cagoule et chaque fusil. À première vue, ce sont des hommes : larges épaules, gros ventres pour certains, doigts épais. Aucune chaîne autour du cou, ni alliance. Seuls les canons et les yeux brillent sous le halo de la puissante lampe torche qui éclaire la quinzaine de Demoiselles.

– Ils ne portent pas tous la même cagoule, constate Bulle.

– Toutes ont des trous au niveau des yeux, je poursuis, mais il y en a cinq qui n'ont pas de trou pour la bouche...

– Comme celle de notre William ! lance Bulle. Et ils sont cinq, les quatre Dalton et celui qui faisait le guet, près de la camionnette.

– Et qui a donné l'alerte, je complète.

– C'est trop beau pour être vrai, non ?

Tout colle, en effet. La chasse à l'ours. Les cinq cagoules. Marthe et Daniel qui seraient William et Jack… Mais alors, qui sont les autres Dalton ?

J'entrevois soudain un bout de tissu qui dépasse de l'une des cagoules muettes. Je le pointe sur l'écran. Bulle zoome. C'est l'étiquette, un logo en forme de parapluie ! On a du mal à déchiffrer la marque, mais Peyo nous donne un peu d'espoir : il connaît un magasin de sport où l'on trouve pas mal d'articles de pêche et de chasse.

Nous échangeons un bref sourire. Nous tenons peut-être le bout d'une autre ficelle.

– Il faut qu'on sache si quelqu'un a acheté un lot de cagoules…

– En début d'année forcément, poursuit Bulle, avant cette conférence de presse clandestine. En tout cas, c'est vraiment incroyable, je n'aurais jamais imaginé qu'une telle chose puisse exister… Mais ils font quoi, les gendarmes ? Pourquoi tous ces chasseurs n'ont-ils pas été arrêtés ?

Un silence autour de la table.

– Je crois qu'on fait une grosse connerie, reprend Bulle. Il faut donner la carte mémoire aux gendarmes. Nous, on ne va pas y arriver…

Je coupe court à son délire.

– Peyo, tu connais les propriétaires du magasin ? Ça nous faciliterait la tâche car, là, il faut la jouer fine et ne pas arriver avec nos gros sabots…

Il opine légèrement.

– Style, enchaîne Bulle, « Salut, vous n'avez pas les factures du mois de janvier ? Parce que, là, on est sur le point de découvrir qui sont les Belles Demoiselles » !

Elle se met soudain à rire, comme pour relâcher une trop grosse pression qui la fait flipper.

– Le top, j'ajoute, ce serait que Marthe les ait achetées, ça nous simplifierait la vie !

Peyo ne répond pas, le regard toujours fixé sur l'écran.

– Tu reconnais quelqu'un ? je lui demande. Ton père ?

Il hésite avant de pointer du doigt un homme à la forte carrure, la veste ouverte sur un tee-shirt blanc où est grossièrement écrit : « Ours dehors ! »

Plus de doute possible : nous devons protéger Peyo de la folie de son père !

Je suis assez fière de notre première réunion : nous avons identifié trois des quatre Dalton, à savoir Marthe, Daniel et Marti… Il reste le quatrième, Joe, blessé à l'épaule.

– Et les fusils, je demande à Peyo, tu les reconnais ?

– Je ne les connais pas assez, mais, regarde, là, dit-il en pointant du doigt un homme qui vient de tirer un coup de fusil en l'air. Lui, il a aussi un revolver à la ceinture, on dirait celui d'un garde…

– Un garde avec les Demoiselles ?

– Tu sais, ici, il y a des gardes aussi remontés que les chasseurs et les éleveurs : ils ont toujours été contre le lâcher des ours slovènes.

– Pourquoi ?

– C'est compliqué, et quand mon père m'en parle, ça me fait mal à la tête, la vérité ! Pour faire simple, on dit que les ours slovènes n'ont pas peur des hommes, et qu'ils ont l'habitude de croquer des brebis car, chez eux, on les nourrit.

Pour avoir lu des articles sur le sujet, à la bibliothèque de l'association, je sais que ce n'est pas tout à fait vrai : la Slovénie compte plus d'un millier d'ours, contre soixante-dix dans les

Pyrénées, qui battent en retraite lorsqu'ils se retrouvent face à un humain. Sauf, évidemment, si la mère intervient pour protéger ses oursons. Ou si un chien la provoque. Par ailleurs, sur les onze ours slovènes relâchés depuis 1996 dans les Pyrénées, seuls quatre ont survécu à la foudre, à l'empoisonnement ou aux coups de fusil. Quatre ! Dont le fameux ours à problème, et je ne donne pas cher de sa peau…

– En tout cas, je dis, si un garde fait partie des Belles Demoiselles, ça pourrait expliquer l'utilisation de la carabine hypodermique et le fait qu'il connaisse le lieu où a été placé le piège !

Bulle me tape dans la main. C'est dingue : son visage change du tout au tout en un rien de temps.

– Peyo, poursuit-elle, tu connais un garde qui serait assez fou pour parader avec son arme sur YouTube ?

– Un ancien, oui. Il a démissionné mais on dit que c'est toujours le plus grand braconnier des Pyrénées, de Perpignan à Bayonne.

– Toujours ?

– Le braco, c'est un vice. Quand tu tombes dedans, t'en sors jamais. Oscar, il a une santé de fer, il connaît la montagne par cœur et des gens de partout, ajoute Peyo, un rien impressionné.

– Mais pourquoi on ne l'arrête pas ?

– Mon père dit qu'il a des relations jusqu'à Paris, qu'il touche la main de ministres, de mecs bourrés de fric…

Voilà enfin une autre pièce du puzzle noir : un garde à la retraite, braconnier, intouchable, hostile à la réintroduction de l'ours slovène, et qui n'a peur de rien, ni de personne…

Peyo baisse les yeux, mal à l'aise. Est-il gêné par la présence d'Oscar et de son père parmi les Belles Demoiselles ?

Ma petite voix me dit que je dois faire attention : le terrain est miné ! Et sans Peyo, je n'y arriverai pas, ça, c'est certain… Alors je lui demande :

– Tu es toujours d'accord pour continuer l'aventure ?

J'en ai des frissons partout. Le mot « aventure » n'est plus étranger à ma vie, et je ne sais pas à quel point une partie de mon cerveau n'en réclame pas toujours plus…

Peyo regarde Bulle comme s'il cherchait une flamme d'espoir dans ses yeux vairons.

– Pourquoi j'arrêterais ? lâche-t-il le plus sérieusement du monde. Donc, si j'ai bien compris… je m'occupe de chercher du côté des cagoules. Je connais la patronne du magasin, c'est la mère d'un pote qui joue au rugby avec moi.

– Il faut aussi que tu trouves qui a payé la facture, je précise.

– J'avais pigé, je suis pas débile.

Me voilà rassurée.

Bulle se lève, s'approche de Peyo et ajoute :

– Maintenant, il faut que tu nous dises qui a tué Mohican…

Peyo déglutit tout en se mordillant le pouce. Il reste silencieux, puis, les yeux braqués sur ses mains, il fait craquer ses doigts.

– Allez, Peyo, j'insiste. On n'a plus de temps à perdre…

– Et nous, on est déjà en retard, poursuit Bulle en me montrant un appel manqué de Bernat. C'est qui, alors ?

– La rumeur dit que c'est mon daron, mais moi, je ne le crois pas capable de faire ça…

Bulle tape soudain du poing sur la table.

– Mais tu nous as dit hier qu'il était capable de te tuer !

– Bulle… je tente de la calmer.

Elle est en train de péter un câble.

– Mais à quoi tu joues ? crie-t-elle soudain. Là, non, désolée, c'est trop dangereux, faut appeler les gendarmes !

J'attrape vivement son portable posé sur la table.

– Donne-moi ça, Claire...

Pour un peu, elle montrerait les dents.

– Si Peyo dénonce son père, tu auras un mort sur la conscience... C'est ça que tu veux ?

Bulle tend le bras, impatiente.

– Donne !

Peyo s'est recroquevillé sur le canapé. Bulle est rouge de colère. Je tente le tout pour le tout :

– Vas-y ma belle, appelle les gendarmes, déballe tout ce que tu sais...

Je fais glisser le portable sur la table.

Peyo se lève d'un bond, l'intercepte :

– Claire a raison. Moi, je veux savoir qui a fait ça... Que l'on capture l'ours à problème, c'est nécessaire, il fait peur à tout le monde ici, et même aux randonneurs. Mais que l'on s'acharne sur une ourse, comme ça, et que l'on prenne son petit, j'avoue...

– Que ?

Il hésite une nouvelle fois à nous confier ce qu'il a sur le cœur, c'est tout lui, ça...

– Que je n'ai pas dormi de la nuit. La vérité...

Bulle se mord la lèvre supérieure, récupère son téléphone et empêche Peyo de le lui reprendre.

– C'est bon, elle marmonne, je veux juste envoyer un texto à Bernat. On a déjà dix minutes de retard.

Mon coup de bluff a marché... Ouf !

– Si on prouve que mon père est derrière tout ça, dit Peyo, ne vous en mêlez pas, c'est moi qui gère. OK ?

Je ne réponds pas, mais Peyo m'intrigue : a-t-il une revanche à prendre sur son père ? Marti le frappe-t-il ? Et quelle est sa relation avec sa mère, Gabi ? Je me dis que je devrais en parler secrètement à Marceau. Et puis non, et puis oui… Oh, et puis, je ne sais plus quoi penser !

La sonnerie du portable – un bruit de moteur d'avion à hélice – nous fait sursauter. Bulle refuse l'appel, sans nous dire si c'est Bernat qui s'impatiente. Je me rends compte qu'elle m'est encore totalement étrangère. Qui a bien pu l'appeler ? Son père ? Sa mère ? Une amie ? Son manager avec qui, m'a-t-elle juste lâchée, elle est fâchée « à mort » ? Je ne sais même pas si elle a un frère ou une sœur… Je n'ai pas encore osé le lui demander, de peur qu'elle me questionne en retour. J'espère juste qu'elle n'a pas appelé les gendarmes dans notre dos !

Au-dessus d'un meuble noir, un miroir me renvoie l'image de Jez.

Les larmes me montent soudain aux yeux à la seule idée que je ne peux même pas me confier à mon frère jumeau, que je ne dois parler à personne. Le seul qui pourrait m'écouter, c'est Marceau, mais j'ai promis à Bulle et Peyo de tenir ma langue. Pour ne pas perdre la tête, il ne me reste qu'une solution : prendre l'enquête en main, soutenir mes deux compagnons quoi qu'il m'en coûte…

Je veux sauver Doudours !

CHAPITRE 9

MISSION RANTANPLAN

Pressés par le temps, nous sortons sur la terrasse de la petite maison. Sur le côté gauche, des sarments de glycine grimpent sur des fils tirés entre deux poteaux en bois. Au-dessus d'une table et de deux bancs, la plante déploie ses premières fleurs odorantes, qui tombent en grappes mauves.

Le soleil réchauffe un peu mon cœur, tout comme le panorama alpin et printanier. J'insiste pour faire un dernier point et pour distribuer les rôles de la mission que j'appelle « Rantanplan », en référence au chien de Lucky Luke.

Observer, apprendre, connaître, déduire…

Le camping étant désert, je ne me cache pas pour parler. C'est fou, les idées me viennent toutes seules, c'est très excitant. Nous devons faire hyper attention : les Dalton sont sur le pied de guerre, prêts à tout pour retrouver le drone et ceux qui les ont filmés. Nous ne savons pas ce qu'ils vont faire de Doudours, à nous de le découvrir le plus vite possible, mais nous devons nous méfier de tout le monde, sans exception. Même des pro-ours.

Nous habitons dans une vallée où tout le monde se connaît, ou presque : les informations s'échangent rapidement, les rumeurs se répandent dans les bars, les commerces, sur les trottoirs ou les bords de route, aussi vite que les *fake news* sur les réseaux sociaux. Et si une rumeur nous montre du doigt, si elle nous désigne comme auteurs du massacre ou du kidnapping de l'ourson, nous n'aurons pas le temps de nous défendre, ni de nous échapper !

Voilà ce que nous décidons. Si nous voulons nous parler de la mission Rantanplan, nous nous voyons. Au mieux, ici, chez Bulle. Nous n'utilisons nos téléphones qu'en cas d'extrême urgence. Je leur explique que j'ai un vieux téléphone car je fais un break avec les réseaux. Comme Bulle, je suis ici pour changer d'air, me reconnecter avec la nature, pas avec les antennes. Les ondes me brouillent le cerveau, le cœur, les oreilles… Bulle me dévore des yeux, comme si j'étais sa star, ça me trouble un peu, j'avoue.

Nous n'employons que les noms de code tirés de la célèbre bande dessinée de Morris. Pour la bande, les prénoms des Dalton. Pour les flics, les gardes et les gendarmes, c'est « Lucky Luke ».

Et nous nous servons d'une boîte aux lettres « morte », un endroit connu que de nous trois, pour échanger des messages. Bulle nous a montré un petit creux derrière le tronc noueux de la glycine que personne ne peut voir en traversant sa terrasse. Je propose d'utiliser un tube pharmaceutique, étanche, où glisser nos messages : un bout de papier, une clé USB, une carte mémoire. L'idée amuse Bulle, pas Peyo, qui trouve ça « très plouc », mais je m'en fiche. C'est vieux comme le monde et d'une efficacité redoutable, c'est pour ça que c'est encore utilisé aujourd'hui.

Bernat appelle une nouvelle fois. Bulle se met à l'écart pour lui répondre, face à la montagne dorée par le sable du Sahara, signal d'alarme d'un trop rapide réchauffement climatique qui accentue la fonte des neiges.

J'en profite pour demander à Peyo un autre service : retrouver la trace de Joe. Blessé à l'épaule, peut-être grièvement, l'individu est sûrement allé se faire soigner.

Peyo me précise que Joe n'a pas trop le choix : ici, au village, il n'y a plus de docteur depuis longtemps; et en ville, « en bas » comme il dit souvent, il n'y a que deux cabinets médicaux, et à l'hôpital, qui est en train de fermer, il ne reste plus que le service de radiologie. Mais si Joe est espagnol ou andorran, la vérité, ça va être compliqué de chez compliqué ! Peyo va aussi se renseigner du côté des pompiers : eux, assure-t-il, ils savent tout. Mais qui ne sait pas ce qui se passe dans cette vallée, et bien au-delà de la frontière ? Une marée noire submerge soudain mon esprit : notre mission Rantanplan est vouée à l'échec, trop de pièces du puzzle éparpillées, nous n'y arriverons jamais...

Peyo me remonte un peu le moral en me jurant qu'il va profiter de l'absence de ses parents, partis faire des courses en Andorre, pour trouver des indices, chez lui, de la présence de son père dans la clairière. Vêtements souillés, long couteau, talkie-walkie, sac à dos, brancard, caméra thermique... Sans oublier le tee-shirt blanc sur lequel est écrit « Ours dehors ! ».

Il me promet qu'il n'ira pas au lycée – il est en vacances la semaine prochaine –, tant que nous n'aurons pas retrouvé Doudours, ce qui me donne de l'espoir. Peyo est super-motivé, même si je le soupçonne de vouloir surtout rester auprès de sa princesse aux yeux vairons.

Il y a deux jours, je ne le calculais pas, aujourd'hui, je dois compter sur lui comme il compte sur moi : nous devons additionner nos forces, gommer nos idées préconçues, lui, sur l'étrangère « escrolo », moi, sur le chasseur à jamais insensible à la vision de l'ours.

Bulle revient en arborant un petit sourire. Elle a rassuré Bernat, qui commençait à s'inquiéter, et lui a promis que nous serions au « local » (c'est comme ça qu'on appelle le bureau de l'association) d'ici une quinzaine de minutes. Quelqu'un nous y attend, mais Bernat n'a pas donné plus de précisions…

– Si c'est l'un des Dalton, dit soudain Peyo, on fait quoi ?

– S'ils ont trouvé le drone, on est morts.

Je m'assois sur une marche pour réfléchir un instant, et poursuis :

– Si c'était le cas, les Dalton seraient déjà là, et ils ne seraient pas allés voir celui qui protège les ours…

– Pas faux, dit Bulle.

– Fausse alerte, alors ? lâche Peyo. Je me sens vivant, la vérité !

Nous rions, soulagés.

– Avant de mourir, je charrie, on doit se mettre d'accord, créer une légende…

Oups, je me rends compte, trop tard, que je viens de balancer un terme qui les fait sourciller.

– Je veux dire que l'on doit se mettre d'accord pour raconter la même histoire…

– Une histoire inventée, c'est ça ? poursuit Bulle. Qui nous sauverait la vie ?

Comme j'y ai beaucoup réfléchi hier soir dans mon lit, je réunis mes idées avant de les leur exposer :

– Voilà, notre histoire, ce serait une sortie de dingue. Bulle et moi, on était en montagne pour faire des photos du printemps, des vues aériennes, pour le compte de l'asso. Samedi, on a vu l'ours…

– Saxo ! Je l'avais oublié, celui-là ! s'exclame Bulle. C'est fou !

– On a croisé Peyo à la cabane de la mine, pas avant, j'insiste. Et on a décidé de continuer la randonnée ensemble. Dimanche, on a réveillé les vautours, avant de faire voler le drone au-dessus de la forêt…

– On a entendu des coups de feu, poursuit Bulle, les yeux ronds. On a perdu le contrôle du drone…

– Sans rien voir sur l'écran, avant, dit Peyo. Ni le 4×4, ni le brancard, ni les Dalton, et on est partis rapidement…

– La peur au ventre, enchaîne Bulle, tellement peur que Peyo en a fait tomber le sac à dos dans le canyon…

– Tu plaisantes ? sourit-il. Même pas peur !

– Ben si justement, je réplique. On a vraiment eu la trouille que tu te brises les os ! C'est bon pour tout le monde ?

Me voilà un peu plus rassurée : notre légende est blindée. Je leur rappelle par ailleurs que rien n'indique sur la carte mémoire du drone que nous avons été témoins de la mort de l'ourse, de la capture et du transport de l'ourson. Mais si j'étais à la place des Dalton, je voudrais en avoir le cœur net !

La simple pensée de cette menace me colle un long frisson dans le dos, comme si j'avais oublié un détail qui pourrait mettre nos vies en danger. J'y réfléchirai à tête reposée : il est un peu plus de neuf heures du matin, j'ai l'impression d'avoir déjà vécu une journée complète !

Peyo nous accompagne jusqu'au raccourci, le chemin en lacets qui relie le village à la ville. Au milieu des arbres qui bordent le chemin médiéval, que certains appellent aussi le « chemin de la liberté », reliant l'Espagne à la France, l'éclat des fleurs roses d'un arbre de Judée me saute aux yeux. Plus haut, j'admire les fleurs blanches de deux cerisiers séparés par une haie d'arbustes n'ayant pas encore revêtu leurs habits de verdure.

J'inspire longuement avant d'en finir avec Rantanplan.

Peyo s'occupe des cagoules, de son père et de l'épaule de Joe.

Bulle et moi, on va aller au *Bar des amis*. Avec un peu de chance, nous tomberons sur Oscar, l'ancien garde-chasse, qui pourrait être le complice des Dalton.

Je parle avec les mains comme si j'étais devant un tableau blanc avec des feutres de couleur. J'ai souvent besoin de projeter mes idées sur un écran que je visualise clairement, ça me rassure. Et s'il fallait que j'entoure une grosse interrogation, ce serait : Doudours est-il toujours vivant ?

Reste enfin ce qui me tracasse depuis hier : récupérer, le plus vite possible, le drone, la carte mémoire, le tissu « talisman » laissé sur l'arbre Vert Internet et, si nous avons encore le temps, tout ce qui est tombé dans le canyon. Nous sommes lundi matin, et nous ne pouvons pas remonter près du lieu du crime avant mercredi, notre premier jour libre de la semaine. Deux jours à attendre. Je croise les doigts pour que les ampoules de Bulle disparaissent et que les douleurs de Peyo s'évanouissent… Cela me fait penser que c'est peut-être la main magique de Bulle qui lui a enlevé le « feu » des inflammations.

Vais-je devoir retourner toute seule au canyon ?

Le doute m'envahit à nouveau… Ne serait-il pas plus raisonnable de confier tout ça à Marceau, en douce, au moins pour me protéger ? Nous travaillerions main dans la main, tous les deux, sans en référer à ceux qui nous entourent… S'il m'arrivait une nouvelle fois malheur, qui s'occuperait de mon cas ?

Nous arrivons rapidement à un croisement, près d'une croix dressée sur un socle en pierres sèches. À gauche, le chemin monte sous les bois. À droite, il descend légèrement vers la ferme de Peyo, avec un peu plus loin le garage de son père. Entre les branches, on aperçoit plusieurs paquets de brebis, et près de la route, à une centaine de mètres, un tas de voitures posées les unes sur les autres.

Un chien aboie, Peyo siffle, et le chien accourt aussitôt. Près des brebis, j'aperçois la silhouette d'une bergère, un bâton à la main.

– D'ici mercredi, dit Peyo tout en caressant le chien noir et blanc, ça va péter, c'est sûr et certain.

– Péter ?

– La nouvelle de la mort de l'ourse, elle va se répandre comme une traînée de poudre, avance-t-il. La rumeur va vite désigner des coupables. Elle s'en nourrit comme les chiens mangent des tripes.

Et il ajoute, s'adressant à son border collie, tout excité :

– Pas vrai ? Hein, mon Kapi, c'est bon les tripes…

Le chien se pourlèche les babines. Trop mignon !

– Mais pourquoi tu dis ça ? demande Bulle.

– Si les Dalton retrouvent le drone avant mercredi, ils se chargeront de vous mettre tout ça sur le dos…

– Nous ? Et pourquoi pas toi ? je lui demande, étonnée.

– Parce que je suis d'ici, et vous, des étrangères qui travaillez avec Bernat, le gardien des ours, et rien que ça…

– Mais on n'est pas des monstres ! s'énerve Bulle.

– Vous le deviendrez aussi vite que Kapi regroupe le troupeau. Vous voulez voir ce que ça donne ?

Peyo siffle deux fois, tout en lançant quelques mots en occitan à son chien. En moins d'une minute, le chien de berger a rassemblé les différents groupes en un seul, rond comme un camembert.

– Mais n'ayez crainte, ajoute Peyo en fixant Bulle, je ne vous lâcherai pas. Je sais où mon père cache ses armes : si ça tourne mal, on aura de quoi se défendre.

CHAPITRE 10

LE BARON

Je longe un mur de pierres recouvertes de mousse verte. Sur mes pas, Bulle ne dit mot. Pense-t-elle, comme moi, que Peyo serait capable de prendre les armes pour voler à notre secours ? Pourquoi les fusils ont-ils une place si importante dans la vallée, et dans sa vie ?

Je chasse le mot « arme » de mon esprit, me concentre sur la marche.

Ça monte dur pendant deux cents mètres, ça raidit les muscles, brûle les ampoules de Bulle, ça prépare à un « lundi méchant » comme le chante Gaël Faye, ce que je fredonne pour imaginer que le lundi sera quand même gentil…

Comment ça va ? Lundi ? Mardi ? Mercredi ? Jeudi ? Vendredi ?
Bien dormi ? Le week-end, bien passé ? T'as glandé ?
La famille ? Les enfants ? Les amis ?
Le barbec'annulé par la pluie ?
Est-ce que ça va ? T'es sûr que ça va ?

Tu m'caches pas quelque chose que je devrais savoir?
Tu m'caches pas quelque chose que je devrais savoir[10] *?*

J'ai répété la phrase sans la chanter, comme si je m'adressais à mon premier cercle, Bulle, Peyo, Marceau, comme si je n'étais pas la seule à garder des secrets qui rongent l'esprit à faire péter un câble.

Bulle s'appuie sur mon épaule lorsque la flèche de l'église apparaît enfin, derrière un pré. Je lui demande de serrer les dents, nous sommes presque arrivées.

Nous quittons le chemin de la liberté, qui rejoint, tout là-haut, une ancienne mine d'or et entrons dans le village. Un dédale de rues pentues et étroites nous mène sur une place rectangulaire où un panneau souhaite la bienvenue, en plusieurs langues, dans les Pyrénées sauvages.

« Visitez nos coins secrets, en dehors des sentiers battus. Vivez une expérience unique au pays de l'ours ! »

La terrasse du *Bar du Chêne*, qui fait aussi office de dépôt de pain, de fromages fabriqués dans les fermes locales, de miel ou de confitures de myrtilles, est abandonnée par les sempiternels retraités qui s'y retrouvent habituellement pour commenter l'actualité et les dernières nouvelles du massif.

Comme souvent hors des grandes villes, les magasins sont fermés le lundi.

Depuis le 1er avril, Bulle et moi faisons notre pause matinale dans ce bar. Nous y déjeunons, jouons aux dames ou discutons avec Huguette, la patronne, fière de ses quatre-vingts ans sans cancer ni mari, et avec des piliers du bar qui n'ont pas leur langue dans la poche.

---

10. « Comme un lundi », in *Lundi méchant*, Gaël Faye, All Points, 2020.

Nous rions de leur espièglerie, de leur habileté à jouer avec les mots, de leur façon de prendre la vie du bon côté. Nous nous fondons dans la masse, en évitant de parler de nous, mais cela ne dure pas longtemps : il y a toujours un touriste ou un randonneur qui entre dans le bar et reconnaît illico les yeux vairons de Bulle, la célèbre chanteuse du *Petit Prince* ! Heureusement, il est rare qu'on lui demande un selfie ou un autographe, c'est aussi pour cette raison que Bulle a décidé de s'installer au village…

La place est entourée de maisons à colombages aux toits en ardoise, fraîchement rénovés. Les véhicules n'y ont plus accès, sauf ceux des riverains et des cantonniers – c'est le mot que l'on utilise, ici, pour désigner un employé municipal.

Classé depuis peu « arbre remarquable », un chêne, vieux de mille ans, dit-on, trône au milieu de la place. Une trentaine de mètres de haut, six mètres de circonférence… Un spectacle vivant rythmé par les saisons et les couleurs du ciel. Un exemple de bravoure, de résilience et de résistance. J'avoue qu'il m'impressionne, lui qui a besoin de deux cents litres d'eau par jour ! Doué de parole, il nous raconterait la vie du village et tout ce qui l'a nourri depuis sa plantation, là, sous nos pieds. Sur ces feuilles, il pourrait écrire son histoire, chaque chapitre s'ouvrant, comme aujourd'hui, lorsque la sève fait éclater les bourgeons. Nous confierait-il ce qu'un ours apprivoisé, montré en foire, aurait pu lui dire de sa solitude, de son désensauvagement ou de son départ vers l'Amérique ? Qu'est-ce que j'aimerais l'entendre !

Deux cantonniers plantent autour du chêne des « casques de Jupiter », des aconits à fleurs bleues et mauves. Allongé sur un bac de pierre, un chat lézarde au soleil, les yeux braqués sur un patou, un gros chien à l'épaisse fourrure blanche qui le regarde de loin. Tout a l'air si calme, vu d'ici.

Le local de l'association est situé face au bar, au rez-de-chaussée d'une grande bâtisse qui appartenait au père de Bernat, aujourd'hui décédé. J'ai entendu dire qu'il est mort à la chasse, d'une balle perdue, mais je n'ai pas cherché à en savoir plus : parler du « père », c'est penser au mien, et c'est tous les jours un peu plus douloureux de ne pas pouvoir me blottir contre lui…

Je pousse la lourde porte en bois, entre dans un vestibule qui fait office de hall d'accueil et de vestiaire. Ici, tout est en bois, du sol au plafond. Les murs sont blancs, recouverts de chaux. Pour Bernat, l'isolation est un combat de tous les jours : il ne supporte pas l'idée que l'on puisse encore vivre dans des passoires thermiques alors que c'est si facile d'utiliser le savoir-faire des anciens, des nouveaux matériaux écologiques et surtout notre intelligence !

Face à moi, un couloir qui dessert quatre grandes pièces. Côté jardin, la salle de réunion et la bibliothèque ouverte au public. Côté place, le bureau que nous partageons, Bulle et moi, avec Lucie, notre tutrice, et enfin celui de Bernat. Depuis nos fenêtres, rien ne nous échappe : si la commune ne compte pas plus de cinq cents habitants, sa place en est l'épicentre, là où certains se retrouvent pour chanter en occitan sur la terrasse du bar. Là où la rumeur va bon train…

Sans traîner davantage, nous rejoignons la réunion du lundi. Autour de la table ronde, trois chaises occupées par Lucie, qui a mis sa salopette verte et attaché ses longs cheveux en queue-de-cheval, Bernat, rasé de près et le dos toujours droit, et un homme aux joues creuses portant un béret que je n'ai jamais vu. J'échange un regard avec Bulle pour lui rappeler que, quoi qu'il arrive, nous devons nous en tenir à notre légende.

Bernat nous fait signe de nous asseoir.

– Je vous présente Bertin, nous dit-il. C'est un ancien inspecteur de l'environnement, un ami de longue date auquel j'accorde ma plus grande confiance. Depuis peu, il s'occupe des fonds européens du programme Life, pour la protection de l'ours brun notamment. Ici, on a l'habitude de dire que « Bertin, il est tout-terrain » !

– Arrête, je vais rougir, s'amuse l'homme au béret.

– Nous ne sommes pas d'accord sur tout, mais, comme vous le devinez, nous faisons en sorte de garder nos montagnes sauvages, d'y limiter l'empreinte de l'homme.

– Avec ses gros sabots, c'est pas demain la veille, lâche Lucie, qui fait tourner un stylo entre ses doigts. Mais l'espoir fait vivre, pas vrai Bertin ?

Au cours des premiers jours d'avril, Lucie, salariée de l'association, nous a présenté, à Bulle et à moi, les principales actions de la structure visant à protéger la faune, la flore, et à lutter contre les dégradations du patrimoine naturel. Elle a notamment mis en place un réseau de sentinelles qui lui signalent le déversement sauvage de déchets, une pollution de plus en plus fréquente dans la vallée, l'arrachage massif de plantes médicinales, comme l'arnica ou la gentiane, et les coupes clandestines d'arbres.

En quelques jours, elle nous a incitées à marauder en mode VESPA : valorisation, éducation, sensibilisation, préservation, animation. Marauder, c'est avoir l'œil sur tout et partout. Au local, lorsqu'une personne, une famille, pousse la porte pour obtenir des informations sur les espèces protégées, sur les sorties

« ours » ou « rapaces », ou sur la manière de se conduire en randonnée. L'œil sur ceux qui pourraient se déguiser en touristes « de base » pour repérer l'unique nid de l'aigle royal et voler ses œufs, par exemple.

Hors les murs, marauder c'est être en permanence à l'affût de tout ce qui blesse la nature, la défigure, l'empoisonne, c'est donner des conseils avec le sourire, comme celui qui illumine le visage aux joues rondes de notre tutrice.

– Bon, poursuit Bernat, j'ai une bonne nouvelle à vous annoncer : demain, vous partez, à l'aube, avec Bertin. Ce sera votre première grande sortie en montagne, vous allez vous régaler ! Je dois passer un coup de fil. Tout-Terrain, tu leur expliques ?

Bernat lève sa grande carcasse, celle d'un « troisième ligne » de rugby si j'en crois la rumeur qui court sur la terrasse du bar. Un physique impressionnant, Bernat, mais un « cœur tendre » comme dirait ma mère. Pour lui, rien de ce qui vit ne doit être tué, capturé, dressé ou mutilé. Sa devise est écrite en lettres capitales au-dessus d'une large cheminée qui réchauffe son bureau : « Méprise la vie et la mort te fauchera sans répit. »

Bertin prend la parole :

– J'imagine que Lucie vous a parlé du grand tétras.

– Pas dans les détails, dit celle-ci, mais je leur ai fait faire le tour de la maison…

– Et elle regorge de trésors, poursuit Bertin en lui lançant un clin d'œil. Tiens, puisque vous êtes imbattables sur notre maison à tous, notre toit que sont les Pyrénées : vous savez combien il y a de lacs ? Deux mille cinq cents. Combien d'isards ?

– Environ quatre mille, je réponds.
– Bien vu, Claire.
– Et en quelle année la marmotte a-t-elle été réintroduite ?
– Elle avait disparu ? s'exclame Bulle.
– En 1948, précise Bertin. Le plus gros rongeur du massif avait disparu depuis dix mille ans, à cause du réchauffement climatique. On l'a ramené des Alpes. La roue tourne, ça chauffe de nouveau, mais cette fois-ci, la maison, c'est nous qui allons la voir brûler.
De temps à autre, Bertin jette un œil sur son téléphone, posé devant lui.
– Bon, pour demain, c'est simple, poursuit-il. On part à l'aube voir l'un des plus beaux spectacles des Pyrénées, la parade des coqs de bruyère. Une bonne heure de piste, une autre de grimpette. Prévoyez de quoi boire et manger, portable en mode silencieux évidemment, et les photos ne sont pas interdites, au contraire. Ce sera sous le bois, en lisière supérieure, et la météo annoncée pour demain n'est pas terrible. Des questions ?
Deux heures de marche, Bulle ne va jamais y arriver. Si nous devons rejoindre la clairière après-demain, il ne faut surtout pas qu'elle vienne. Discrètement, je lui donne un coup de pied sous la table.
– Bulle, tu crois que tu vas pouvoir venir ?
– Elle n'a pas trop le choix, annonce Lucie, ça fait partie de vos missions. Et puis, franchement, c'est un super-cadeau que vous fait Bertin.
– En fait, je ne peux pas marcher, avoue Bulle, j'ai des grosses...
Je lui redonne un coup de pied.

– J'ai une entorse, ma cheville… Rien de très grave, mais monter pendant une heure, non, je vais retarder le groupe.

Nous entendons la voix grave de Bernat tonner et jurer, et le voyons arriver les sourcils froncés et demander à Bertin de le suivre dans son bureau.

Lucie poursuit la réunion, elle a l'habitude : Bernat est toujours dérangé par un coup de fil qui ne peut pas attendre, une visite inattendue, ou une course urgente à faire en ville ou plus loin, à Pau ou Toulouse.

Je suis à la fois fan et jalouse de Lucie : elle est d'un naturel confiant et optimiste, jamais déboussolée, persuadée que telle une abeille, ouvrière et protectrice, elle participe à la construction d'un monde nouveau qui se résume en un mot : la sobriété. Consommer moins, respecter plus. Refuser l'individualisme, prôner la solidarité. Dans notre bureau, elle écrit tous les jours une citation sur un vieux tableau, de ceux qui autrefois servaient de tablette aux professeurs pour apprendre aux enfants à lire et à écrire. Je me souviens notamment de celle-ci, qui m'a vraiment touchée : « *Avec ce que tu sais, tu gagneras des joies.* Jean Giono »

Au-dessus de « des joies », Lucie avait écrit et barré : « de l'argent ».

Et elle montre l'exemple : au-delà de travailler au côté de Bernat, de sensibiliser petits et grands à la préservation de la biodiversité, à la richesse d'un massif qui procure mille joies à celui qui le contemple, elle vit dans une maison autonome en énergie, cultive un potager, reprise ses habits…

Je la regarde parler, trouver les mots justes pour exprimer ses idées avec clarté, et ça me fascine. Comment fait-elle ? Quel est son secret ?

Ainsi que je l'avais deviné, Lucie n'insiste pas pour que Bulle me suive. Comme tout le monde, elle connaît l'histoire fracturée de la star. Je vais donc partir sans elle, seule avec Bertin. Il passera me chercher au camping, à quatre heures. Ne pas oublier les jumelles, la gamelle, les gants, et la longue cape dans le cas où la pluie s'inviterait à la parade nuptiale... Si la chance nous sourit. Discret, gracieux et très farouche, le grand tétras ne se laisse pas facilement approcher : pour le voir séduire les poules, sur une zone appelée « lek », il faut se cacher derrière des branches, quelquefois de longues heures, et faire montre d'une patience à toute épreuve. Mais comme le dit souvent Lucie, « pas de patience, pas de science » !

Je profite d'un moment où elle parle à Bulle de la visite que nous allons rendre aux élèves de l'école primaire pour aller aux toilettes. En passant devant la porte légèrement entrouverte du bureau du directeur, je laisse volontairement traîner l'oreille. J'ai du mal à comprendre de quoi Bernat parle jusqu'à ce qu'il affirme : « Si c'est encore un coup des Demoiselles, je t'avertis, ça va barder ! Tuer Mohican, ça ne leur a pas suffi ? »

Mon cœur fait un bond dans ma poitrine. Les deux hommes ont été informés de la découverte de l'ourse éventrée !

« Ça va barder... »

Je me souviens de la confidence de Marceau au sujet de la bataille que se livrent, souvent devant les tribunaux, les « pour » et les « contre » pour faire respecter la loi : en réalité, l'ours n'est pour les uns et les autres qu'un prétexte pour exprimer le mal-être du milieu agricole, pour raviver de vieux conflits, souvent familiaux, ou pour en créer de nouveaux autour de la question du contrôle du territoire. Et du fric qui ruisselle depuis Bruxelles, le siège de la Commission européenne.

Finalement, l'ours est à celui qui croit posséder la jouissance de la montagne, et chacun en fait ce qu'il en veut. Il le diabolise pour se purifier. Il l'apprivoise pour le dominer. Il le tue pour prendre sa place de grand prédateur, justifiant ainsi l'usage des armes et de la chasse. Il le laisse en vie pour l'admirer.

Bertin est très remonté contre les Demoiselles, en particulier contre Marti, le père de Peyo, et un certain Baron, dont j'ignorais jusque-là l'existence. La question qui les anime, c'est de savoir pour quelle raison « ils » ont ouvert le ventre de l'ourse devant la cage… Du jamais-vu ? Non, affirme Bertin de son fort accent. Les deux hommes parlent soudain à voix basse. Je tends l'oreille, mais impossible de comprendre un mot. Ne voulant pas être prise en flag, je file aux toilettes.

Face au miroir, je demande à Jez ce que je dois faire, ce qu'il ferait, lui… Il murmure qu'il inventerait un nouveau FLOU[11], un Front de libération de l'ours et de l'uchronie, qu'il en parlerait à Lucie, qu'elle comprendrait. « Tu ne dois pas subir le cours de l'histoire, Klervi, c'est à toi de l'écrire. »

Je m'asperge le visage d'eau fraîche, reprends mes esprits. Il faut que je fasse gaffe. Si ça continue, je vais devenir schizophrène, si ce n'est pas déjà trop tard…

Hantée par le débat qui anime les deux hommes, je retrouve ma chaise. Bulle me fixe longuement, comme si elle cherchait

---

11. Voir *Polar vert*, Saison 1, tome 1 : *Les Algues assassines ;* tome 2, *Anguilles sous roches*, éditions Milan, 2021-2022.

à savoir ce que je fabrique dans ma tête. Elle a vraiment un sixième sens, son côté « sorcière » probablement.

Lucie se lève sans nous avoir donné l'agenda de la semaine, et nous nous mettons en route pour l'école. Je laisse derrière moi un duo en colère et devine déjà que ça ne va pas tarder à « saigner », comme nous l'a dit Peyo. Mais « saigner » comment ? Que va-t-il se passer avant que la mort de l'ourse ne soit officialisée ? Et après ?

Nous arrivons dans la cour de l'école primaire juste pour la fin de la récréation. Lucie est attendue comme le Messie. Ce n'est pas l'abeille, mais la reine de la ruche, entourée, embrassée par une dizaine d'enfants qui exigent, tout de suite, que Bulle soit la marraine de leur projet : semer des fleurs. L'un avance que Bulle sera leur meilleure ambassadrice : une seule photo à son million d'abonnés sur Instagram, et hop, les insectes pollinisateurs sauveront la biodiversité ! Un autre n'est pas d'accord : ce n'est pas bien d'utiliser une application, ça « mange » trop d'énergie, ça tue la planète à petit feu.

– Il n'a pas sa langue dans sa poche celui-là, je dis à Lucie.

– C'est Joseph, le fils de Bernat. Il n'a que dix ans, mais si tu l'écoutais, on vivrait tous dans la montagne, à la dure, sans parler, ni boire, ni manger, juste pour se fondre dans la neige, l'hiver, et se transformer en yéti la nuit !

Tout en faisant tourner sa jupe, une petite fille s'exclame qu'elle a trouvé le nom de l'opération : ce sera « Bulles de graines » ou rien du tout ! Une autre propose timidement : « graines de Bulle ».

Zelda, l'instituteur, demande le silence dans la cour. Il lève la main vers le ciel, la pose sur son cœur. Les enfants se taisent, font de même, un petit sourire complice au coin des lèvres. Je ne comprends pas ce qui se trame et me laisse porter par l'effervescence enfantine.

– On finit l'atelier, dit Zelda, et on sort semer les graines avec Bulle… Enfin, si elle accepte.

Un large sourire et les bras en l'air de l'ex-star formant le V de la victoire provoquent aussitôt une poussée de fièvre chez son jeune public. Quelle notoriété !

– En sortant, n'oubliez pas de prendre votre pique-nique, on profitera du beau temps et du panorama, précise l'instituteur.

Nous entrons en file indienne par une porte au-dessus de laquelle on peut encore lire : « École de filles ». Dans un coin de la classe aux murs parsemés de dessins représentant loups, lynx et ours, les trois grands prédateurs du massif, deux petits tréteaux soutiennent une longue table. Pendant que les enfants mettent la main à la pâte, Zelda nous explique rapidement les différentes étapes.

D'abord mélanger de la terre, du fumier, de l'argile, avec des graines de fleurs mellifères, qui donnent le miel. Ail des ours, sauge des prés, pissenlit, moutarde blanche… La liste est assez longue, vive le printemps !

Ensuite, lancer les boulettes dans les rues, les fossés, les jardins, ou les recouvrir de terre dans un pot, tout simplement. Un devant de porte ou un rebord de fenêtre, et le tour est joué. Pour les enfants, c'est magique : ils touchent la terre, les graines, ils apprennent à reconnaître des fleurs, ils partagent, échangent, construisent des hôtels à insectes, ils prennent conscience du monde végétal qui les entoure, certains interdisent même à leurs parents de tondre la pelouse dès le printemps venu ! Il faut les voir revenir sur leurs pas et s'émerveiller devant la métamorphose d'une simple graine en grenier à provisions pour les pollinisateurs.

– C'est la dernière étape des « graines de Bulle », lâche Zelda : permettre aux abeilles de polliniser les plantes à fleurs, donc de favoriser leur reproduction. Comment vivre sans fruits ou légumes, même si on n'est pas végétarien ?

Lucie ne cesse de sourire, le regard plongé dans celui de l'instituteur.

– Vous avez pris des notes, les filles ? Et toi, Bulle, tu serais d'accord pour promouvoir ce geste pour la planète ?

– J'ai fait un break sur les réseaux, répond celle-ci, mais je peux faire une exception. C'est trop bien. Je vais faire des photos, je flouterai les visages des enfants...

– Pas la peine, dit Zelda, je me charge de convaincre les parents.

Un panier en osier sous le bras, un sac sur le dos, les enfants sortent de l'école, passent le portail puis chacun file de son côté. Certains posent les boulettes délicatement dans un petit trou, d'autres les jettent à la volée. Bulle les prend en photo, un grand sourire aux lèvres.

Lucie pose la main sur mon épaule :

– Et votre randonnée ce week-end, c'était comment ? Vous avez vu des isards ?

– C'était génial, vraiment.

Comme elle ne sait pas que Bulle et moi sommes parties avec Peyo, je lui balance notre légende, fraîche de ce matin. Les isards, la chaleur, les fleurs, les courbatures, les rapaces et la plus belle des récompenses : un cerf coursé par un ours !

– Sérieux ? Vous avez vu un ours ?

– C'était magique ! je réponds, parcourue par des frissons.

– Une sortie, un ours ! C'est trop cool, la chance !

J'ouvre mon sac, récupère le tube et le lui tends :

– À l'intérieur, il y a les poils d'un ours inconnu, récupérés sur un arbre magique, et le sang de…

Je ravale « Doudours » *in extremis* !

– De ?

– Probablement du même ours, j'improvise. Il a dû se gratter trop fort…

– Ou il était peut-être blessé. J'espère qu'il n'a pas pris un coup de fusil. En tout cas, ajoute-t-elle en ouvrant délicatement le tube, merci d'avoir récupéré ces indices, c'est précieux. Zelda ?

L'instit' approche, les mains dans les poches.

– Il est aussi naturaliste, me dit Lucie, et fait partie du réseau Ours brun. Regarde ce qu'ont trouvé les filles…

Zelda jette un œil dans le tube.

– Des poils… Tu as mis des gants pour les récupérer ?

Je fais non de la tête.

– Ah, pour la génétique, ça risque de troubler l'analyse…

– Tu as sûrement laissé tes empreintes et un peu de ton ADN, poursuit Lucie. Le mieux serait que l'on récupère un de tes cheveux, t'es d'accord ? Mais on le fera plus tard, il faut mettre des gants, sinon il y aura aussi notre ADN, ce sera la foire aux gènes !

Elle précise à Zelda que nous avons vu notre premier ours et que le coton-tige est imbibé du sang d'un ours tout aussi inconnu.

– J'espère que ce n'est pas encore un piège posé par Oscar…

– Un braconnier, de la pire des espèces invasives, m'explique Lucie. Il a une grange, là-bas.

Elle me montre du doigt une toiture située en bordure de la haie.

L'instit' rejoint Bulle et les enfants.

J'enregistre visuellement : grange isolée; accès par un chemin masqué par des arbres; attention, piège pour y accéder.

Nous suivons une route où des pâquerettes ont réussi à pousser entre les plaques de goudron et sur les bas-côtés, avant de faire une halte près d'un vieux lavoir surmonté d'un toit en ardoise. Les paniers sont vides, les visages rayonnent de joie. Le contrat est rempli : dans un mois, les insectes pollinisateurs voleront d'une fleur à l'autre, et les écosystèmes dans lesquels se déploient les espèces vivantes survivront au rouleau compresseur de l'industrie chimique.

Pendant que Bulle annonce aux enfants qu'elle va faire un selfie avec eux, et partager exceptionnellement sur son réseau la photo accompagnée du hashtag #GrainesDeBulle, j'entends Zelda et Lucie parler d'une manifestation organisée ce soir, en ville, contre le projet Valdor.

Le nom fait tilt ! Au local, Lucie m'a passé un article sur Valdor dans lequel il était question d'exploiter durablement le bois en le transportant à l'aide de dirigeables propulsés à l'hydrogène, et d'ouvrir des mines de tungstène afin que la France ne dépende plus de la Chine. La photo d'un homme au visage carré, menton volontaire, portant, je m'en souviens, une croix celtique autour du cou, était accompagnée de cette légende : « Robert Couvain, l'homme fort de Valdor. »

Je n'ai pas trop fait attention à l'article, plus occupée à jeter sur un carnet les bases de mon projet personnel au sein de l'asso : découvrir les métiers de la police de l'environnement et de la botanique.

Je m'approche du duo l'air de rien et suis aussitôt prise à partie par Lucie :

– Claire, on a besoin de ton avis…

– Moi ?

– C'est au sujet d'un truc…

– Une manif, ajoute Zelda. Ça va, tu peux lui dire…

– De la manif qu'on organise ce soir, à l'improviste, reprend Lucie. Si tu avais le choix entre faire le mort devant la mairie, et balancer des œufs et de la farine sur le maire, tu ferais quoi ?

– Je ne sais pas, moi, je bredouille. Si vous me disiez plutôt de quoi il s'agit…

Lucie et Zelda doivent avoir le même âge, à peine vingt-cinq ans, et à les voir si proches, ils partagent forcément un amour immodéré pour la nature. Ou un coup de foudre réciproque…

– Tu as entendu parler du Vert Internet ? me demande Zelda.

Je revois Bulle attacher son talisman autour de l'arbre, là-haut, mais ce n'est pas le moment de l'évoquer. Je n'oublie pas le conseil de Marceau : aux innocents les mains pleines.

– L'idée, enchaîne Zelda, c'est d'étudier l'intelligence de la forêt, du sous-sol jusqu'à la canopée. Il te faut imaginer que les arbres sont reliés entre eux…

– Par les feuilles, enchaîne Lucie, les branches, les racines…

– Ce qui leur permet de lutter contre les parasites, les incendies. Ça va mobiliser des dizaines de chercheurs, pendant des années, et tous les bénévoles qui voudront se joindre à l'aventure…

– Des gens qui vont venir de partout, ajoute Lucie. C'est une première en France, et même en Europe, je crois. Mais pour ça, il faut garder sous cloche les mille hectares de Vert Internet et sa vieille forêt…

– Une centaines d'hectares qui est dans le collimateur d'un autre projet, industriel et pourri, celui-là : Valdor. Méga-scierie à l'entrée de la ville, coupes massives de hêtres, sans oublier la réouverture de la mine de tungstène et de celle de charbon. Comme souvent, on fait miroiter des dizaines d'emplois, on parle d'une industrie propre, mais tout ça, c'est du vent…

Je repense à la manifestation organisée à Guérande, à la chasse aux trésors qui avait été relayée sur tous les réseaux. À la soudaine mobilisation de milliers de personnes contre les marées vertes…

– Pourquoi ne pas prendre le temps de réfléchir à une action qui pourrait avoir un énorme écho ? je propose. Et puis, c'est qui, les gens en face ?

Zelda jette un regard sombre à Lucie.

– Le projet est porté par mon père, confie celle-ci. Mais je te rassure tout de suite : j'ai coupé les ponts avec lui, chacun sa vie.

– Il s'appelle comment, déjà ?

– Robert Couvain, répond Zelda, mais tout le monde, ici, l'appelle le Baron.

CHAPITRE 11

LOU MOUSSU DEFORA !

Après avoir mangé un bout de fromage de brebis sur le pouce, un cadeau de Joseph, et laissé les enfants à leur instituteur, nous voilà dans la voiture électrique de Lucie. Dans la malle, trois paniers de « graines de Bulle » récupérées à l'école, et des brochures de l'association à distribuer.

Sur la route, j'aperçois de nouveau les brebis de Gabi, et plus nettement une jeune fille qui parle avec Peyo.

– C'est qui ? demande Bulle.

– Flora.

– La sœur de Peyo ?

– Non, la mienne.

Sans que nous lui demandions, notre tutrice se lâche sur sa famille. Elle a quitté le manoir familial, situé à l'entrée de la ville, au milieu d'un bois de dix hectares, lorsqu'elle a atteint sa majorité. Elle ne supportait plus son père, ses conquêtes féminines peroxydées, ses amis chasseurs, ses associés assoiffés de fric et d'alcool fort, son « alt-vérité », autrement dit :

« seul est vérité ce qui sort de ma bouche », l'imite-t-elle en insistant sur la dernière syllabe.

Sa mère, une Espagnole du val d'Aran, est partie sans même claquer la porte, laissant derrière elle deux filles, l'une très en colère, l'autre, plus jeune, cherchant protection dans les bras du père tout-puissant. Lucie n'a jamais revu sa mère, pas même reçu un petit mot, et n'a jamais cherché à la retrouver. Flora, sa sœur âgée de quinze ans, passe le plus clair de son temps chez Gabi, qui n'est autre que sa marraine. Elle rêve d'être bergère, et son discours sur l'ursidé se résume au slogan des Demoiselles : « Ours dehors ! »

Au fil des ans, le père de Peyo est devenu l'homme à tout faire du Baron, envoyé en première ligne lors des manifestations contre ceux qui sont favorables au maintien de l'ours ou opposés au projet Valdor.

Dans ma tête, ça fait boule de neige : le Baron, Marti, les Belles Demoiselles, Valdor… Et, pour couronner le tout, Lucie nous fait une nouvelle confidence : « Méfiez-vous de Peyo, c'est un chasseur de biches, de celles qui ont de belles mines comme les vôtres. Dans la vallée, son surnom c'est Brise-Cœur : tout ce qu'il touche, il le détruit. »

Je me demande tout à coup si Peyo n'a pas tout manigancé pour se rapprocher un peu plus de Bulle, et s'il est vraiment aussi sincère qu'il y paraît. Et s'il avait une autre idée derrière la tête, celle de nous neutraliser pour nous empêcher de parler de la barbarie dont nous avons été les témoins ce dimanche ?

Toujours sous le soleil, la voiture longe le gave avant de stationner près d'un stade de rugby. Les paniers en main, nous rejoignons le quartier historique, connu pour abriter un établissement de bains, les « thermes », et une halle centenaire où des commerces alimentaires ouvrent tous les matins. Nous arrivons trop tard pour distribuer les brochures aux touristes, facilement reconnaissables à leurs chaussures de marche ou à leurs vêtements de randonnée, mais profitons de notre déambulation pour semer des « graines de Bulle » un peu partout. J'adore !

À l'angle d'une ruelle étroite, nous découvrons une nouvelle boutique, ouverte toute la journée, ce qui, ici, est rare. C'est un surplus militaire où l'on trouve tout le nécessaire de camouflage ou de combat. En deux couleurs : marron et vert kaki. Mon œil est attiré par un objet accroché comme un hamac entre deux piliers : un brancard ! Je me mets à imaginer que l'on va aussi y trouver des cagoules, un long couteau...

J'entre seule dans le magasin, qui déborde de vêtements et de gadgets me rappelant mon stage de survie.

En croisant ma silhouette dans un miroir, je m'aperçois que je suis la cliente idéale, habillée de la tête aux pieds en apprentie militaire.

– Je peux faire quelque chose pour vous, jeune homme ?

C'est la première fois que l'on me donne du « jeune homme », et ça me trouble : je ressemble à ce point à Jez ?

– Mademoiselle, je précise, au grand étonnement de la vendeuse. Je cherche un brancard, comme celui-là. Et des cagoules, aussi.

Et je préviens, pour ne pas éveiller le moindre soupçon :

– C'est pour un jeu de rôles.

La commerçante me détaille avec insistance tout en fumant une cigarette électronique.

– On m'avait dit que les affaires marcheraient, dit-elle en souriant, mais à ce point-là, je vais devoir fermer la boutique à peine après avoir ouvert ! Je plaisante, j'ai tout ce qu'il vous faut ! Alors, voyons d'abord pour les cagoules, suivez-moi…

Elle fouille dans un carton, me montre un premier modèle que je refuse de la main, puis un autre qui est la copie conforme de celle portée par William.

– En voilà une…

– J'en voudrais une quinzaine…

– Vous aussi ?

Je réagis au quart de tour :

– Peut-être que mon père est déjà passé…

– Ah non, c'était votre mère, assure-t-elle, je m'en souviens très bien : elle a marchandé le prix pendant au moins dix minutes.

– Ma mère toute crachée !

– En tout cas, elle est bien plus apprêtée que vous, mais chacune son style… Ici, ce n'est pas tous les jours qu'on voit entrer une jolie femme en tailleur et talons !

Ne sachant pas quoi répondre, je lui prends la cagoule des mains tout en réfléchissant à la façon d'obtenir plus de renseignements sur la mystérieuse cliente sans passer pour une détective. Soudain, je reconnais sur l'étiquette le logo en forme de parapluie… comme sur les cagoules des Dalton !

– Ma mère aime bien se déguiser, je reprends. Je parie qu'elle portait sa longue perruque rousse frisée, elle l'adore, celle-là !

La vendeuse s'approche de moi, ce qui me permet de remarquer un papillon noir tatoué sous son oreille gauche.

– Chignon légèrement en désordre, des cheveux blonds, naturels à mon avis, ça se voit à la couleur des sourcils. Des grosses boucles d'oreilles, en or, poursuit-elle en passant ses mains près de mon visage, comme si elle essayait de reporter son souvenir sur moi. Maquillée, mais pas trop, juste pour donner de l'éclat à ses yeux noirs, très noirs même… Dieu, vous ne lui ressemblez vraiment pas !

Je fais un pas en arrière.

– Elle n'a pas pris un brancard, comme celui qui est dehors ?

– Non, mais je dois dire qu'elle n'a pas été bavarde, pas comme vous en tout cas. Ah si, elle a reçu un coup de fil et discuté dans un espagnol un peu étrange… Vous le parlez aussi ?

– Un peu, je réponds. Mais nous avons toujours parlé français à la maison…

Son regard me scanne, comme si un doute venait de lui traverser l'esprit. Pourvu qu'elle ne me pose plus de questions !

– Vous me rappelez quelqu'un, vous, c'est étrange…

Il ne manquait plus que ça !

– Peut-être que je ressemble plus à ma mère que vous ne l'imaginez, je tente.

– Possible, lâche-t-elle. Bon alors, cette cagoule, vous me la prenez ? Je vous en commande d'autres ? Vous en vouliez combien, déjà ?

– Je vais déjà essayer celle-ci, je réponds en lui tendant un billet de vingt euros, ce qui correspond au prix affiché.

Elle le prend délicatement tout en me posant une main sur l'épaule. Comme elle ne me relance pas sur le brancard, j'oublie volontairement de lui en parler, je n'ai nulle intention de repartir avec !

– Je ne sais pas ce que votre mère a fait avec ces cagoules, mais dites-lui que les gendarmes sont venus ici pour savoir qui les avait achetées… murmure-t-elle. Elle n'est pas allée attaquer une banque, au moins ?

Elle pouffe de rire, je me force à rire avec elle et tourne les talons.

Je rejoins Bulle et Lucie, qui discutent avec un couple de randonneurs. Bulle m'interroge du regard, style « tu étais où ? », et je lui lance un clin d'œil, style « je gère ».

Devant l'office du tourisme, je distribue des brochures sur la protection des nids de rapaces tout en jetant un œil aiguisé sur chaque femme qui passe. Comme Lucie parle avec une amie, la vingtaine comme elle, un bébé sur le dos, j'en profite pour confier à Bulle que j'ai trouvé la trace d'une mystérieuse blonde aux yeux noirs. Les cagoules ont bien été achetées ici, c'est presque certain, par notre William qui doit avoir la quarantaine, porte des vêtements chics et parle un espagnol un peu étrange. Bulle me fait remarquer que c'est bizarre... Acheter des cagoules dans un surplus militaire habillée en tailleur ?

Nous arrivons sur l'avenue qui longe le gave et apercevons un attroupement à hauteur d'un pont et d'un feu tricolore. Je prends Bulle par la main, curieuse de voir ce qui se passe. Deux hommes installent une banderole le long du parapet. D'autres s'agitent autour d'une bétaillère, puis ouvrent l'arrière du camion et font descendre une dizaine de brebis. De l'autre côté de l'avenue, cinq gendarmes, portant un gilet pare-balles et leur arme de service à la ceinture, observent le manège en silence. Sur la banderole, je lis un slogan, écrit en occitan :

LOU MOUSSU DEFORA !

« L'ours, dehors ! »

Un message écrit par les Belles Demoiselles, au nez et à la barbe des forces de l'ordre ?

Alors que je regarde une nouvelle fois en direction des gendarmes, j'aperçois un randonneur à la barbe brune, qui prend discrètement des photos du troupeau gardé maintenant sur l'avenue et bloquant le trafic. Je reconnais Marceau, ce qui conforte mon intuition : les manifestants sont des éleveurs qui ont décidé de mener une action en ville… Mais pourquoi maintenant, et ici ?

– S'ils font partie des Demoiselles, murmure Bulle, pourquoi les gendarmes les laissent faire ?

– Bonne question…

– C'est vraiment l'anarchie, ici, conclut-elle.

J'entends tout à coup des coups de klaxon provenant d'une camionnette, un 4×4 plateau qui ressemble à celui des Dalton. Le conducteur porte une casquette noire et une grosse moustache, et fume une vraie cigarette. Il s'arrête devant le feu tricolore et se met en travers de la route. Un autre homme sort du véhicule en s'aidant d'une seule main.

– Regarde, je dis à Bulle, il a un bras en écharpe !

– Tu crois que c'est notre Joe ? murmure-t-elle.

Les gendarmes ne bougent pas pendant qu'un attroupement se forme autour des brebis, qui se serrent les unes contre les autres. Marceau a disparu… Où est-il ? Je m'inquiète pour lui, c'est bien la première fois…

Soudain, une bronca s'élève depuis le pont. Des cris, des sifflets, accompagnés de trois cors de chasse, qui ne sonnent pas très juste, me fait remarquer Bulle.

Les gendarmes rejoignent la camionnette au moment où une voiture de l'OFB s'arrête, suivie d'un véhicule tirant une remorque et de deux gendarmes à moto. En passant près de nous, une femme légèrement voûtée m'observe de la tête au pied et focalise son attention sur mon écusson :

– Vous le faites exprès, c'est ça ? Vous n'en avez pas marre de faire de la provocation ? Allez, ouste, *defora* les écolos, partez avant que ça tourne mal… me crache-t-elle au visage.

Elle poursuit sa route, rejoint le groupe qui s'est formé autour du convoi et s'approche de la remorque. Elle m'a scotchée la vieille ! Pourquoi devrais-je partir ? Qu'ai-je fait de mal ? Lucie me fait signe de la main que la femme est dingue, mais une angoisse me serre l'estomac... Pourquoi tant de haine ?

Devant le feu tricolore, les esprits s'échauffent.

Coincés, des automobilistes sortent de leur véhicule, certains en levant les bras, d'autres en criant, ce qui fait sourire les manifestants. L'un d'eux demande à une femme en colère de se calmer, sinon le lait des brebis va tourner. Des rires fusent. Des portières claquent. Le tintement de plusieurs cloches s'élève du troupeau.

Devant nous, une grosse BMW, noire, se gare : le passager en sort, ouvre la portière arrière. Un homme chauve, portant une cravate rouge et une chemise noire, déplie ses longues jambes. La femme voûtée applaudit l'arrivée de l'individu, qui enlève sa cravate et passe une veste de chasse que lui tend son chauffeur.

– On s'en va, dit soudain Lucie. Allez, vite, venez...

– Attends, je réponds. Tu peux nous dire ce qui se passe ?

Entouré maintenant du passager et du chauffeur, deux hommes de forte corpulence, le chauve serre les mains des gendarmes puis étreint de ses grands bras celui qui semble être l'organisateur de la manifestation.

– Je vous présente mon père, le chauve, dit Lucie. Le chauffeur, c'est Marti, le père de Peyo. L'autre, je ne le connais pas, mais il ne vaut pas mieux. Et celui que mon père vient de serrer dans ses bras comme un frère, c'est Oscar, anti-ours un jour, braconnier pour toujours...

– Ton père, il fait quoi ? demande Bulle. On dirait une star.

– Il a plusieurs sociétés de travaux publics, une autre de transport de bois. Il n'est pas maire de la vallée, mais c'est tout comme. Il fait vivre pas mal de monde, ici…

– C'est pour ça qu'on l'appelle le Baron ?

Elle opine.

– Mais pourquoi il est là ? Et qu'est-ce qu'il se passe au juste ? je demande.

– Apparemment, les manifestants attendaient le convoi, déduit Bulle.

– Il doit y avoir un animal dans la remorque, fait remarquer Lucie, mais lequel ?

J'ai soudain la tête qui tourne, m'accroche à l'épaule de Bulle. Je n'ose y croire : dans la remorque, il y a l'ourse retrouvée près du piège !

– Je vous attends à la voiture, je ne reste pas une seconde de plus, prévient Lucie.

– On reste encore un peu, je lui réponds.

Je presse la main de Bulle. Pas besoin de lui indiquer que nous devons nous fondre dans la foule pour en savoir plus.

J'enlève discrètement mon pull, le mets autour de ses épaules en lui demandant de m'attendre et de bien ouvrir l'œil. Pantalon kaki, tee-shirt marron, cheveux courts : je porte la parfaite panoplie du jeune berger.

Mon cœur se met à battre très fort.

Je n'ai aucun mal à me glisser parmi éleveurs et bergers, appuyés sur leurs bâtons. Le Baron serre des mains, la mine grave, et rejoint Oscar près de la remorque. Un téléphone à l'oreille, un gendarme s'approche et leur indique qu'ils n'ont plus que cinq minutes avant de laisser le convoi repartir.

– Nous avons une bonne et une bonne nouvelle, lance Oscar à la foule. La première, c'est que le problème de l'ours à problème, il est réglé ! L'autre bonne nouvelle, c'est que le combat continue ! *Lou moussu defora !*

« *Defora ! Defora !* » reprend la foule.

Les manifestants n'en demandaient pas tant pour scander le slogan du jour face aux forces de l'ordre. Les mines sont réjouies. Des bâtons frappent violemment la remorque, jusqu'à ce que les gendarmes interviennent pour faire cesser le vacarme.

Le Baron lève les mains en l'air, comme s'il allait se rendre :

– Vous le savez, la montagne, elle nous appartient, et j'ai de grands projets pour la vallée. Valdor, c'est notre avenir, notre souveraineté, notre indépendance. Des centaines d'emplois. Hier, une ourse est morte, et je ne peux que m'en féliciter. Cependant, poursuit-il en faisant taire les applaudissements, et je le dirai tout à l'heure au préfet, c'est un crime qui a été commis : l'ourse a été retrouvée morte, devant le piège, et nous mettrons tout en œuvre pour retrouver ceux qui n'ont pas respecté nos engagements. Une capture, oui, une mort atroce, non.

Des huées sortent de la foule. Je suis sidérée par l'aplomb du père de Lucie, probablement l'un des boss des Belles Demoiselles.

Devant moi, une femme confie à une autre que l'ourse a été retrouvée avec les tripes à l'air, la tête coupée posée sur le piège. Le petit, qu'elle avait dans le ventre, a été retrouvé pendu à un arbre.

Je pourrais couper court à la rumeur, leur dire exactement ce qui s'est passé, que le petit, justement, a été emporté par trois hommes et une femme qui sont probablement, ici… Mais à quoi bon ? Elles me prendraient pour une folle !

Je m'éloigne de la remorque, les jambes en coton, à la recherche d'un William aux yeux noirs, d'un Joe à l'épaule blessée… Je jette des coups d'œil furtifs, fais profil bas. Soudain, je me retrouve face à l'homme portant le bras en écharpe. Il est plus petit que moi, c'est peut-être Joe… Je bous intérieurement, je sens que je vais lui exploser l'autre épaule ! Non, Klervi, ce n'est pas du tout le moment…

J'inspire longuement pour ralentir les battements de mon cœur. Un homme l'interpelle : Lulu ! Comme je n'entends pas très bien ce qu'ils se racontent, je me rapproche un peu plus, tends l'oreille quand soudain on m'attrape le bras.

– T'es la nouvelle bergère ?

Je me retourne lentement, la peur au ventre d'avoir été prise pour une autre, même si cela n'a aucun sens !

– Mar…

Je m'arrête sur la seconde syllabe.

D'un mouvement de menton, Marceau me fait signe de le suivre. Il porte des lunettes de soleil, un béret, un vieux sac à dos, tel un poisson dans l'eau au milieu des manifestants.

– Qu'est-ce que tu fais là ?

– On distribuait des brochures, et on est tombées sur la manif…

D'un œil, il surveille les manifestants qui laissent la voie libre au convoi et reviennent sur le pont. Lulu a disparu de mon champ de vision. Mince !

– Il se passe quoi ? je lui demande.

– Tu le sais très bien…

Un frisson me saisit. Sait-il déjà que j'ai été témoin du massacre ? Non, ce n'est pas possible, je me dis pour me rassurer : si c'était le cas, il m'aurait déjà prise entre quatre yeux et obligée à lui dire la vérité, toute la vérité !

– Un ours est mort, je réponds, ça j'ai bien compris, mais comment ?

– Tué par balle avant d'être éventré, selon les premières constatations. J'espère que l'autopsie ne nous dira pas le contraire.

Je n'ai pas besoin de me forcer beaucoup pour ajouter :

– Mais c'est horrible…

– Incompréhensible, admet Marceau. Mais je ne t'ai rien dit. OK ?

C'est le monde à l'envers : il me confie une petite partie de ce que je sais déjà. Si seulement il savait que je pourrais tout lui raconter… J'en ai presque honte, mais je dois tenir mon engagement.

– Et tu vas faire quoi ?

Sans me regarder, il répond :

– Chercher qui a fait ça, mais je te conseille de ne pas t'en mêler. Tu me le promets ?

CHAPITRE 12

UNE SERINGUE PAS COMME LES AUTRES

Bulle dans mon sillage, je m'approche à pas de loup de la grange d'Oscar. Entre les branches, la pleine lune éclaire le chemin de terre. C'est ce qui m'a motivée pour venir jusqu'ici : pas besoin d'utiliser une frontale. Pas de voisins. Discrétion assurée. Le braconnier étant en ville, sûrement pour organiser une nouvelle manifestation, la voie est libre. Si nous parvenons à entrer dans la grange, peut-être y trouverons-nous un brancard, une carabine, des talkies-walkies, la camionnette et pourquoi pas Doudours l'ourson, enfermé dans une cage…

Tous les vingt mètres, nous nous arrêtons, tendons l'oreille. Hormis le lointain grondement de la rivière et le hululement d'une chouette, aucun bruit synonyme de danger.

Pendant que Bulle refait le lacet de sa chaussure, je repense à Marceau… Je lui ai menti les yeux dans les yeux et sans frémir mais, après tout, je suis à bonne école : c'est lui qui me l'a enseigné. Je lui ai promis de ne pas me mêler de l'enquête, de ne pas participer aux manifestations, de rester, comme il dit, « sous le radar », pour ne pas m'exposer. Il suffirait d'une photo ou d'une vidéo postée sur les réseaux pour que je sois reconnue, et ça, c'est incontrôlable.

Je repense aussi aux larmes de Lucie, les mains agrippées au volant de sa voiture quand nous l'avons rejointe. Un autre ours, mort. Et son père qui débarque avec ses gardes du corps et ses gros sabots, un mensonge en guise de promesse. Comme toujours. Lucie est en colère. Bulle aussi est en colère, frustrée de ne pas avoir eu le temps d'aller pousser la porte du *Bar des amis* comme prévu. Lucie a considéré que ce n'était pas du tout le moment d'y aller, notre présence pouvant être jugée comme une provocation, et qu'il fallait prévenir Bernat le plus vite possible, mais pas par téléphone : Lucie soupçonne son portable d'être « branché », sur écoute, comme beaucoup de ceux qui sont contre Valdor et pour le maintien de l'ours dans les Pyrénées. Mais une fois arrivées au local, pas de Bernat, ni de Bertin. J'ai repensé à leur conversation de ce matin : qui les a informés de la tragédie ? Que sont-ils en train de manigancer pour alerter la population sur la disparition d'un ours, après celle de Mohican ?

Lucie est d'autant plus en colère que, hier soir, sa manifestation improvisée n'a pas pu avoir lieu, la réunion du conseil municipal ayant été annulée au dernier moment.

Nous arrivons près de la grange éclairée, presque comme en plein jour, par l'astre lumineux. Face à nous, une porte en bois, un volet à gauche. Une petite terrasse surplombe la vallée. La partie arrière de la grange est comme enterrée dans le sol, le toit en lauze frôlant presque la prairie. Nous pourrions monter dessus facilement, atteindre les deux lucarnes du premier étage, mais il est pentu… Sans échelle, c'est impossible.

La porte est fermée. Impossible d'ouvrir le volet.

Je murmure à l'oreille de Bulle qu'il n'y a pas de garage, donc pas de 4×4, ni de cage. Pas d'aboiement, donc pas de chiens. Pas de lampe à détecteur de mouvements non plus, comme on en trouve souvent devant les maisons. C'est déjà ça…

Je prends ma frontale en main, à la recherche d'un piège, sans trop savoir ce que je cherche… Nous n'avons pas l'imagination d'un braconnier, ni l'expérience d'un voleur pour déjouer les dangers.

Bulle m'emprunte la lampe, passe sa main au-dessus de la porte, avant de braquer le faisceau sur le mur en pierre. Les joints ont été refaits, mais une pierre ressort légèrement du mur : je la tire délicatement et découvre une clé !

– On entre, je dis à Bulle. C'est l'occasion ou jamais…

– T'es sûre ? Et si quelqu'un arrivait ? Imagine qu'il y ait une alarme ?

Je pose ma main sur son épaule pour la rassurer, et glisse la clé dans le verrou. Deux tours à l'endroit. Rien. À l'envers, ça tourne. Je pousse la porte mais elle ne cède pas. Que se passe-t-il ?

Bulle fait un pas en arrière :

– Viens Claire, on s'en va, je ne le sens pas, il y a peut-être une alarme, en fait…

La porte s'ouvre d'un coup d'épaule. L'élan me propulse à l'intérieur, ce qui fait pousser un petit cri à Bulle. Pas de signal d'alarme, ni de piège à mâchoires posé sur le sol. « C'est trop flippant », murmure-t-elle en balayant de sa frontale une longue table encadrée de deux bancs, un canapé faisant face à un écran de télévision et, au fond, une cuisine comprenant un lave-vaisselle, un four surmonté d'une hotte et de nombreux rangements. À l'évidence, ce n'est plus une grange où l'on stocke du foin, mais une maison relativement confortable. Très loin de l'idée que je me faisais d'un grenier de braconnier…

La clé toujours en main, je réfléchis à voix haute :

– Si quelqu'un arrive, il ne faut surtout pas qu'il découvre que la porte est ouverte…

– Arrête, tu me fais trop flipper, là !

– Mieux vaut prévenir que guérir, je murmure.

J'ouvre la fenêtre, enlève une barre qui bloque le volet, pousse ce dernier, saute dans la prairie, referme la porte à double tour et remets la clé à sa place.

Revenue près de Bulle, je la rassure une nouvelle fois :

– Si l'on doit se barrer en vitesse, on a deux solutions : cette fenêtre, au rez-de-chaussée, ou la lucarne, au premier étage. Allez, on fouille partout, mais on remet tout en place. OK ? Je te laisse la cuisine, à toi de jouer.

Bulle s'exécute.

Je retourne le salon de fond en comble, ne trouve aucun objet en lien avec du matériel de braconnage ou de chasse, hormis une corde dénichée dans un sac de jute. Je regarde derrière la tête d'un isard fixée à une planche. Toujours rien. De son côté, Bulle est elle aussi bredouille…

Nous montons un escalier en colimaçon. Un long couloir, cinq portes. Première chambre. On regarde entre le matelas et le lit, sous le lit, dans, sur et sous l'armoire. Rien. Idem dans les deux autres chambres. Toilettes sèches. Toujours rien. Dans la salle d'eau, je regarde par la lucarne, donne un coup de projecteur : si l'on doit s'échapper par ici, on va tomber, c'est certain sauf si… Je vais chercher la corde, remonte en vitesse, entre dans la deuxième chambre et la pose sur l'un des deux lits superposés.

Tout prévoir, c'était le mot d'ordre du maître de stage de survie.

Je retourne dans la salle d'eau, ouvre une double porte située à côté du miroir. À l'intérieur, trois étagères d'une cinquantaine de centimètres de profondeur.

J'entre dans la troisième chambre, me retrouve face à une cloison qui pour moitié, cache l'armoire encastrée, et pour l'autre supporte une bibliothèque où sont rangées des bandes dessinées et plusieurs séries de manga japonais.

– Tu fais quoi, Claire ?

Je lui explique qu'il y a probablement une planque située derrière la bibliothèque. Un espace d'un mètre de large, situé dans le prolongement de l'armoire de toilette, et qui fait au moins deux mètres de haut.

– Mais où tu as appris tout ça, toi ? demande Bulle, sidérée.

– Je voulais être architecte d'intérieur, je mens effrontément. Quand j'entre dans une maison, je visualise très vite les surfaces, et surtout le potentiel de rangement. C'est comme si ma vision se mettait en mode 3D.

– Je suis dégoûtée…

– J'ai besoin de toi pour ouvrir la bibliothèque. Allez, encore un petit effort, on y est presque !

Nous passons la main tout autour du « hangar des livres », comme Jez, enfant, appelait notre bibliothèque, sans trouver la moindre charnière. Comme rien n'apparaît sur les montants, il ne nous reste plus qu'à tirer les livres, un à un, et à regarder derrière. Il est bientôt minuit, je commence sérieusement à fatiguer : après notre périple en montagne, une nuit courte et les rebondissements de la journée, je m'assois sur le lit et j'éclaire Bulle qui, méthodiquement, enlève un livre après l'autre.

– Celui-là est bizarre, dit-elle soudain.

Je me lève d'un bond. C'est un gros livre, sans rien d'écrit sur le dos et rangé sur l'étagère la plus haute.

– Les pages ont été creusées, dit Bulle. Je sens un truc sous mon doigt… Tu veux bien regarder ? Je suis trop petite.

Je me mets sur la pointe des pieds, tire le livre en arrière en forçant un peu. Clic ! Le mécanisme vient d'ouvrir, en douceur, tout un pan de la bibliothèque. Bulle se blottit contre moi, je sens dans mon cou sa respiration saccadée. Je tire délicatement sur la porte secrète, le cœur battant.

– *My god*, murmure Bulle tout en restant agrippée à moi.

Nos deux frontales éclairent un véritable trésor de guerre : une dizaine de fusils, alignés les uns à côté des autres ; autant d'armes de poing suspendues à des holsters ; des cartons de balles et cartouches, et des pièges rangés par taille sur une étagère ; et un brancard, sur le côté !

– On a trouvé, murmure Bulle. Oscar est un Dalton !

– C'est Jack, j'ajoute. Et tout ça, c'est peut-être les armes que les Demoiselles ont montrées après la mort de Mohican…

– Dans la vidéo, sur YouTube…

– Filme avec ton portable. Peyo nous dira s'il y a une carabine hypodermique au milieu de tout ça.

Je prends un carton, le pose sur le grand lit. À l'intérieur, je découvre des seringues en forme de flèche et des flacons.

– C'est bien du matériel hypodermique…

– Claire, tu as entendu ? demande Bulle tétanisée.

Nous restons immobiles, sans respirer. Une voiture vient de s'arrêter devant la maison. Je range le carton, referme en vitesse la porte secrète.

– On fait quoi ? demande Bulle d'une voix stressée.

– On n'a pas le temps de sortir par la fenêtre…

– On se cache derrière la bibliothèque ?

Au rez-de-chaussée, une porte s'ouvre. Éclats de rire. Nous sommes prises au piège.

– J'ai trop peur, murmure Bulle.

– Sous le lit, je lui dis. Vite !

Nous glissons sur le parquet. La poussière me chatouille les narines. Bulle éternue dans sa main. Je discerne clairement la voix grave d'un homme, le rire aigu d'une femme. Impossible de comprendre ce qu'ils disent. Heureusement que j'ai eu l'idée de ressortir pour remettre la clé à sa place !

De longues minutes passent, interminables, quand soudain le portable de Bulle se met à vibrer ! Elle réussit à l'éteindre aussitôt, tout en me demandant pardon et en se traitant de tous les noms d'oiseaux. Je me demande si on ne ferait pas mieux de rejoindre la chambre, où j'ai posé la corde pour fuir par la lucarne… La corde ! Si Oscar la découvre, que va-t-il se passer ?

Des voix montent dans l'escalier. Des talons claquent sur les marches en bois aussi fort que mon cœur frappe dans ma poitrine. La porte s'ouvre, une faible lumière envahit la chambre. Bulle s'accroche à moi, elle tremble comme une feuille. Je lui fais signe de respirer, ventiler, j'espère qu'elle ne va pas éternuer, crier ou je ne sais quoi encore…

Les deux corps tombent sur le lit après avoir enlevé leurs chaussures, lui, de randonnée, elle, de ville, bottes en daim et talons épais. Le sommier est à peine à quinze centimètres au-dessus de nous, j'espère que le couple ne va pas nous étouffer en faisant grincer le lit. Il m'est arrivé de surprendre mes parents en train de faire l'amour, je croise les doigts pour que les ressorts ne cassent pas !

Il voudrait la renverser sur le lit, là, tout de suite. Il en rêve depuis des mois. Il ne pense qu'à ça. Elle le retient. Un pantalon tombe à terre. Le lit se met à bouger et s'arrête tout à coup. Elle ne peut pas. Non, Oscar. Pas maintenant. C'est trop tôt. Si Bertin l'apprend, il va devenir fou. Elle a un léger accent, elle roule un peu les *r* comme le porte-parole des Belles Demoiselles… Bertin ! Bulle me serre la main, jusqu'à l'écraser. J'en déduis qu'Oscar est l'amant de la femme de Bertin, mais qu'elle n'est pas encore prête à le tromper tout à fait. Elle fait languir Oscar. Il se lève, remet son pantalon, ses chaussures. Clic. Ouverture de la porte secrète.

– Voilà une seringue, dit-il. Non, je ne veux pas savoir ce que vous allez en faire. Moins on en sait, mieux on se porte, surtout par les temps qui courent.

– Je te promets que je te revaudrai ça, dit-elle en remettant ses bottes à talons.

– T'as intérêt, et tu sais comment… Mais ne me prends pas pour un con, c'est bien compris ?

La lumière s'éteint. Je croise les doigts pour qu'Oscar n'aille pas dans l'autre chambre, celle où j'ai laissé la corde sur le lit.

Le couple redescend au rez-de-chaussée. Un immense soulagement m'envahit.

Lorsque le bruit du moteur s'éloigne, j'allume la frontale et m'assois lourdement sur le lit. Bulle se met à éternuer une dizaine de fois, sans pouvoir s'arrêter.

– J'ai cru que j'allais mourir, me dit-elle, et pourtant je ne me suis jamais sentie aussi vivante. C'est fou…

Je file ranger la corde puis nous sortons en silence de la grange, en passant par la fenêtre située au rez-de-chaussée. Après avoir pris soin de tout refermer, je prends Bulle par la main et la félicite d'avoir gardé son sang-froid en lui rappelant qu'elle doit faire attention à ce satané portable. C'est un traître, un mouchard, une alarme... Il faut le mettre un maximum en mode avion, sinon, c'est le crash assuré !

Tout en marchant sous les arbres en direction du camping, nous parvenons à une première conclusion : la femme de Bertin a besoin d'un produit tranquillisant; elle était presque prête à tromper son mec pour l'obtenir. Mais Oscar ne veut pas être mêlé à tout ça. Si cette femme fait partie des Dalton, elle va utiliser le produit pour endormir Doudours ! Ça voudrait dire qu'il est toujours vivant... Et quel rôle Bertin joue-t-il dans ce sac de nœuds ?

J'en saurai peut-être plus demain matin...

CHAPITRE 13

PLACE DE CHANT

L'arrêt du moteur me réveille en sursaut. Où suis-je ?

Une piste forestière. Des sapins. Le jour qui pointe. Un ciel bas et gris. Ah oui, nous sommes en chemin pour aller voir le grand tétras.

Un béret sur la tête, Bertin fait le tour de sa vieille Lada couleur vert pomme et ouvre ma portière.

– On fait une pause. Viens, je vais te montrer un truc…

Il pose un doigt sur sa bouche. Chut. J'ai très mal au cou. Depuis combien de temps je dors ? J'avale une longue gorgée de thé et rattrape Bertin, qui est déjà sous le bois. Il marche d'un pas vif. Nous descendons presque tout droit, jusqu'à retrouver la piste forestière. Bertin me fait signe de ne pas faire de bruit, ses deux doigts en V allant de ses yeux à la forêt qui nous entoure. Nous traversons des broussailles et nous arrêtons derrière un large sapin. Bertin met un coup de jumelles en direction d'une prairie située un peu plus bas, à une cinquantaine de mètres. Je fais de même.

– Tu vois les deux minibus ?

L'un est noir, l'autre gris. Entre les deux, des chaises pliantes et un tas de végétaux posés sur une table. Deux enfants se battent avec une épée, pendant que cinq ou six autres sont assis autour d'une femme qui porte un voile couvrant même son visage.

– La femme porte un niqab, murmure Bertin. T'aurais jamais pensé voir ça en pleine montagne, pas vrai ? Il se dit qu'ils viennent ici pour faire des réunions, en toute discrétion…

– Des terroristes ?

– Qui sait ? Tu vois les hommes, là, au milieu du pré ?

Je fais la mise au point. J'en compte une dizaine, tous habillés de noir et portant une barbe sombre, un gros sac dans une main, un couteau dans l'autre. Ils se baissent régulièrement, plantent leur longue lame dans la terre et poussent leur récolte dans le sac. Je fixe mon attention sur un des couteaux, on dirait celui qui a servi à éventrer l'ourse !

– C'est de l'ail des ours, précise Bertin. Les Tchétchènes en mettent partout dans leur cuisine. Comme c'est la saison, ils viennent de toute la région. Ils se retrouvent, tranquilles…

– Des Tchétchènes…, je reprends, incrédule.

Le « tranquilles » sonne comme une évidence dans la bouche de l'ex-policier de l'environnement : n'est-ce pas le lieu rêvé, sous couvert de récolter une plante, pour tuer ou kidnapper un ours ? Ça me fait un peu froid dans le dos, mais je préfère ne pas trop spéculer sur ce sujet, j'ai assez de soucis en tête !

Bertin prend une série de clichés à l'aide de son appareil photo muni d'un zoom intégré.

– Pourquoi on l'appelle l'ail des ours ?

– Lorsque l'ours sort de l'hibernation, il se purge en se gavant d'ail sauvage. La plante donne vigueur et force à celui qui la consomme. Nous les hommes, on en fait même des élixirs, et je connais encore des sorciers qui l'utilisent pour éloigner le mal…

Pendant qu'il photographie la scène de cueillette, je regarde son visage, ses poils naissants sur ses joues creuses. Nez retroussé, lèvres charnues, yeux ronds… C'est un homme ouvert sur le monde, probablement plus à l'aise avec la solitude qu'au milieu des troupeaux d'hommes. Le pauvre, me dis-je, sait-il que sa femme était hier soir avec Oscar ? Qu'elle se prostitue, comme le pense Bulle, pour obtenir un anesthésiant ? Et lui, où était-il ?

M'étant endormie dès le premier kilomètre, je ne lui ai pas encore parlé de la manifestation, ni de l'ourse escortée par deux gendarmes à moto. De l'ail à l'ours, je pourrais en profiter mais, après avoir rangé l'appareil, il me fait signe de rebrousser chemin.

Une dizaine de minutes plus tard, nous roulons sur les cylindres d'un passage canadien. Est-ce celui survolé dimanche par le drone ? Si j'en crois mon sens de l'orientation, c'est fort possible. Je fouille du regard la sapinière, dans l'espoir de le repérer. Je crois apercevoir les yeux brillants d'un animal mais c'est probablement un tour de mon imagination. Très vite, pourtant, il me semble reconnaître la succession de virages en épingles et le bras mort de la piste, là où la camionnette des Dalton était garée… Logiquement, la clairière ne devrait pas être loin, à environ trois cents mètres. J'imagine que Bertin est déjà au courant de ce qui s'est passé ici, mais je n'ose pas lui en parler.

Nous nous garons sur le bord de la piste. Le poste d'observation est situé près du lek, la zone de reproduction du coq de bruyère. Nous l'atteignons après une longue marche sur un sentier envahi par les fougères. Comme j'en ai pris l'habitude, je ne parle pas, observe chaque pan de nature qui s'offre à moi. Au loin, un pic martèle son enthousiasme. Plus près, une vipère, reconnaissable à son V comme tatoué sur le dessus de sa tête, s'enfonce dans le trou d'un talus paré de racines. Une biche détale en zigzaguant entre les arbres. Dommage que Bulle n'ait pas pu venir… Le spectacle ce matin est féerique.

Nous entrons dans une tente de camouflage, elle-même recouverte de branches, installée en lisière de ce que Bertin appelle la « place de chant ». Des herbes hautes, des pousses d'arbres et des buissons de myrtilles… Tout en enlevant son sac à dos, mon guide me précise que nous aurions dû arriver la veille pour surprendre poules et coqs à l'aube en pleine parade, mais qu'il triche un peu… Munis d'un collier GPS, plusieurs tétras ont été repérés dans les parages. Ils y ont passé l'hiver, chacun perché sur un arbre.

Son appareil photo en main, Bertin observe le lek à travers un trou de la toile. Je fais de même par-dessus son épaule. De temps à autre, il me murmure des informations qu'il me conseille vivement de ne jamais oublier si je veux m'engager dans la police de l'environnement.

Le tétras est en voie de disparition. Il n'en resterait plus qu'environ quatre mille dans les Pyrénées, deux cents dans les Vosges. Dans les Alpes, il a totalement disparu. Les « comptages aux chiens » des chasseurs se déroulent au cours de l'été. Sans fusils, sourit Bertin. De toute façon, la chasse est interdite. Définitivement. Câbles, clôtures, pâturages, chemins de randonnée… La destruction des places de chant a fortement réduit la population des poules et des coqs. Sans compter leurs prédateurs : martre, renard… Comme toujours, la rareté donne des frissons aux chasseurs clandestins, et l'espoir d'une manne aux braconniers. Cercle vicieux. L'espèce est protégée, mais pas assez, et ce n'est pas bon signe… Le coq de bruyère est une espèce « parapluie », un indicateur de la biodiversité forestière, une protection qui permet à d'autres oiseaux de ne pas disparaître à leur tour. Et il reste fidèle à son lek toute sa vie.

– En voilà un… Et un autre !

Ils ont surgi de nulle part, presque en courant au milieu des herbes folles. D'abord à l'œil nu, puis à l'aide des jumelles, je les observe en retenant mon souffle. Leur tête est ornée d'une houppette noire. Leurs yeux sont entourés de caroncules rouges, vifs, des excroissances charnues comme celles qui pendent du bec des dindons. Dominé par le noir, leur plumage offre des reflets bleus, violets ou verts. Taches blanches sur le ventre. Le tétras, c'est un festival de couleurs !

Leur chant dure une dizaine de secondes et se répète à l'identique. Ils se tournent autour, s'affrontent du bec, jaune et recourbé, dressé en l'air, les plumes de la queue en éventail. J'imagine sans mal les poules observer la parade des mâles, évaluant leur beauté et leur chant, prêtes à s'offrir au plus vaillant. Les mâles tournoient et virevoltent en une danse fascinante avant de se transformer soudain en guerriers : ils se volent littéralement dans les plumes, se piquent du bec, jusqu'à ce que le premier arrivé disparaisse de notre champ de vision.

– C'est gagné, murmure Bertin.

Une minute plus tard, la poule rejoint le vainqueur. Pas de chance, le couple disparaît derrière des sapins pour s'accoupler. Et en même temps, je suis émue par leur souci de préserver leur intimité.

Bertin me tend la main, je la lui serre, en guise de remerciement.

Les yeux encore éblouis par le spectacle nuptial, nous revenons sur nos pas. Au bout de quelques minutes, Bertin s'arrête à la croisée de deux chemins.

– Puisqu'on n'est pas en retard, on va aller voir mes pièges photo. Ça te va ?

À la façon dont il me pose la question, je ne peux répondre que par l'affirmative. Une idée me traverse alors l'esprit : avec un peu de chance, nous allons passer par la clairière, ce qui me permettrait de retrouver le drone. Ce serait fantastique et je n'aurais pas à remonter demain comme prévu…

Après une halte casse-croûte entre deux sapins nous permettant d'apercevoir de gros nuages brosser la montagne, nous montons, descendons, remontons pendant une trentaine de minutes. Toujours sous le bois. La forêt est étrangement silencieuse, comme si les animaux se donnaient le mot : hommes en vue. Je cherche la clairière des yeux, tente de repérer un des chemins parcourus dimanche, peine perdue. Malgré un gros coup de fatigue, je garde le rythme endiablé de Bertin, qui avance sans même regarder derrière lui.

Tout à coup, j'ai comme un flash : je reconnais l'arbre magique croisé le premier jour de notre rando. Je revois les poils, le sourire de Peyo, le mien. Le selfie. Le piège photo. Un bref étourdissement m'oblige à poser la main sur l'épaule de Bertin, lequel s'est arrêté devant le boîtier.

– Ça ne va pas ?

– Un petit coup de barre, mais ça va aller…

Bertin ouvre le boîtier, en ôte délicatement l'appareil.

– Voyons si la pêche a été bonne…

Je ne sais plus où me mettre, totalement anéantie par ce qui me pend au nez. La preuve que je suis passée ici, avec Peyo, le fils de Marti. Marti, l'homme à tout faire du Baron. Deux hommes que Bertin doit détester. Pendant qu'il fait défiler des photos de sangliers, de renards, de cerfs, fier de me les montrer, je cherche une légende, une histoire qui tienne la route pour ne pas me retrouver dans une situation des plus délicates : être prise en flag non loin de la clairière… La veille du drame. Un témoin potentiel donc. Et qui ne serait pas allé voir les flics.

Un drôle de frisson envahit ma nuque, comme une sueur froide, je m'assois avant de m'évanouir lentement. J'entends mon prénom prononcé à plusieurs reprises, des tapotements sur ma joue, j'ouvre les yeux mais je ne vois rien, je suis aveugle et presque sourde aux mots de Bertin, dont la voix me parvient de très loin. Je sens un goût de sucre dans ma bouche, puis de l'eau sur mes lèvres. Il me faut de longues secondes, qui me paraissent une éternité, avant de retrouver la vue. Qu'est-ce qui m'arrive ?

Bertin me donne une compote à sucer, un morceau de pain, et une gorgée de rhum qui me brûle la gorge, puis l'estomac.

Après avoir toussé, je lui offre un pâle sourire pour le remercier.

– Tu étais plus en forme samedi, dit-il en me donnant une petite claque sur la joue. Bah, peut-être que randonner avec Brise-Cœur, c'est plus fun qu'avec moi…

Il se marre tout en me frottant le dos de ses mains calleuses. Pas moi. Inutile de faire l'imbécile, je suis démasquée. Je me rends compte que la légende que nous avons inventée, Bulle,

Peyo et moi, ne tient plus : nous nous sommes rencontrés à la cabane le soir. Pas l'après-midi. Est-ce si important ? Oui. Trois fois oui ! Une idée me frappe alors l'esprit... Je dois récupérer la carte mémoire de l'appareil, coûte que coûte !

– Vous avez vu des trucs sympas, avec Peyo et ta copine Bulle ?

Il a aussi vu Bulle sur les photos !

– Des isards, des cerfs, on a fait le plein de nature, c'était top, je dis en me forçant à sourire.

– Pas d'ours ? Le coin en est rempli. Sur la commune, on en compte une dizaine. Pas mal, non ?

Je repense au premier que l'on a vu, celui que j'ai baptisé Saxo. Mais à quoi bon lui en parler ?

– Non, pas d'ours, je réponds. Mais toi, tu m'en montrerais un ?

Son visage s'assombrit tout à coup.

Qu'est-ce que je viens de dire qui ne va pas ?

Je regarde autour de moi, aperçois la pancarte où est mentionné le projet Vert Internet. Je m'approche, l'air de rien. Le talisman de Bulle a disparu. Bertin l'aurait-il récupéré ? Comme je suppose qu'il sait que l'ourse est morte, et qu'elle vagabondait, ici, sur l'un des cinq cents chemins des ours qui quadrillent les Pyrénées, Bertin collecte sûrement tout indice qui permettrait d'identifier le tueur... Je me fais peut-être un film mais, sauf erreur, l'ancien policier de l'environnement en compte au moins deux, la carte mémoire et le bout de tissu, qui pourraient nous compromettre. Nous obliger à témoigner. Je dois absolument les récupérer... Mais comment ?

Nous suivons le même chemin que celui emprunté avant-hier et parvenons près du gros rocher. De la mort, et des larmes. Nous arrivons ensuite à la lisière de la clairière, là où se trouvait le piège. Pourquoi Bertin m'y emmène-t-il ?

– Je vais te confier un secret, Claire. C'est ici qu'un piège a été installé pour capturer le fameux ours à problème. Comme tu vois, il n'est plus là... Tu en as entendu parler ?

Je bois une longue gorgée d'eau, le temps de réfléchir et de ne pas dire de bêtises.

– Hier, je me suis retrouvée par hasard sur le bord du gave, des manifestants ont arrêté un convoi de l'OFB. Dans la cage, il y avait une ourse morte, je rajoute d'un air triste.

– Ce n'est pas elle qui cause tant de problèmes, c'est un gros mâle qui fait pas loin de quatre cents kilos...

– Elle a été tuée... ici ?

Comme il ne répond pas, je me demande si je n'ai pas parlé trop vite. Quelle imbécile...

Je suis ses pas au milieu de la clairière, puis sous la sapinière. Sur le chemin emprunté par les Dalton, Doudours endormi sur le brancard. Bertin regarde partout, comme s'il cherchait un indice de leur passage... J'en profite pour examiner chaque mètre carré, surtout au pied des sapins : où est tombé le drone ? Si je le trouve avant lui, comment détourner son attention et récupérer l'engin volant ?

Il s'accroupit, fouille la terre à l'aide de son index.

– Vous n'êtes pas passés par ici, samedi ou dimanche ?

– Non, je mens sans rougir.

– Vous n'avez pas dormi dans la cabane de la mine ? me demande-t-il sur le ton de celui qui sait déjà.

– Si, mais je n'ai pas le souvenir d'être passée par là... Tous les chemins se ressemblent et mènent au village ou en Espagne, non ?

Ses yeux marron me fixent intensément, comme s'il cherchait à me faire dire la vérité.

– Si vous aviez croisé des cueilleurs d'ail sauvage, ça m'arrangerait, confie-t-il tout en restant mystérieux. T'es sûre de ne pas les avoir vus ?

N'ayant pas envie de subir un interrogatoire, je lui retourne la question :

– Et toi ? Comment tu sais que le piège a été enlevé ?

Il me lance un sourire narquois.

– Perspicace, la demoiselle. À ce rythme-là, tu feras un bon inspecteur de l'environnement…

– Inspectrice, je réponds gentiment.

Il sourit à nouveau, beau joueur. Sur ce terrain-là, il fait partie d'une génération qui a encore beaucoup à apprendre de l'audace des femmes !

– Le piège vide, trappe ouverte, mais des pommes à moitié bouffées, comme si l'ourse était entrée et aussitôt ressortie, reprend-il, le visage grave. Un piège photo et une caméra thermique volés. Et la bête, morte, devant, les tripes dehors. Ceux qui ont fait ça ne sont pas des amateurs…

– Quelle horreur, je lâche sans me forcer. Tu as vu l'ourse ?

– Non, dimanche, j'étais en congé. Mais des collègues m'ont tout raconté…

Je garde la main devant la bouche, comme si j'allais vomir.

– Il y a quand même un truc bizarre, poursuit-il. Une caméra a enregistré le passage de deux ours, mais un seul a été tué… Où est passé l'autre ? Tu es bien sûre de toi, vous n'avez vu personne sur les chemins alentour ?

Je fais non de la tête.

– De toute façon, dit-il, c'est une belle connerie d'avoir lâché des ours slovènes, voilà où cela nous mène : à l'horreur absolue ! Je le dis depuis longtemps, mais personne ne m'écoute : on aurait dû relâcher des ours italiens ou bulgares, ils s'approchent moins des troupeaux, croquent moins de brebis...

Je ne vois pas où il veut en venir, étonnée de l'entendre affirmer que c'est une « belle connerie ».

– Mais Bernat nous a pourtant dit qu'un ours brun, slovène ou pas, ne mange en moyenne que deux brebis par an... Il est où, le problème ?

– Le problème, c'est que l'ours ne devrait pas en manger du tout, pas une seule ! La forêt devrait lui suffire, elle regorge de baies, de racines, de fleurs, de sangliers, de biches, de fourmis... Il va à la facilité, tu comprends ? Quand les brebis sont en estive, il sent l'odeur du gras à plein nez, alors il tape, il se gave de protéines, et il y retourne. Et ça fout les nerfs à tout le monde...

– C'est pour ça qu'on essaie de les capturer, non ?

– C'est vrai, mais ça ne règle pas tout... La preuve. Et si jamais les Tchétchènes s'en mêlent, peut-être pour récupérer la bile de l'ours, alors on n'est vraiment pas sortis de l'auberge !

Je reprends mes esprits, scrute les arbres qui m'entourent et me demande comment retrouver le drone sous la sapinière... J'invoque une urgence, trouver un petit coin pour me soulager, regarde au pied d'une vingtaine de sapins, dans les branches. Rien. Je sais que l'engin volant a pourtant chuté pas loin d'ici, j'y suis presque mais la chance ne me sourit pas.

Sur le chemin du retour, nous n'échangeons pas un mot. J'aimerais demander à Bertin s'il a des enfants, une famille, une maison, pour qu'il me parle de sa femme, mais je ne parviens pas à le rattraper. La fureur lui a mis le feu aux jambes. Et moi, je n'ai plus d'énergie, et je me dis que, de toute façon, on se reverra rapidement.

Quand nous arrivons à la voiture, Bertin reçoit un coup de fil. Après avoir lancé son sac à dos sur la banquette arrière, il s'éloigne pour prendre l'appel. Assise sur le siège passager, je me retourne et en profite pour fouiller les poches latérales du sac. Dans l'une, une gourde. Dans l'autre, une boîte en plastique transparente. Un œil sur Bertin, je l'ouvre et découvre le tissu de Bulle et, dans une petite boîte métallique, la carte mémoire. Je prends les deux, sans pouvoir les remplacer par quoi que ce soit, tant pis... C'est trop important.

Lorsque Bertin revient, cinq minutes plus tard, il s'installe au volant en faisant claquer sa portière.

– Il y a du nouveau dans l'affaire de l'ours. D'un, la femelle, c'est probablement Alioth, du nom de la plus brillante étoile de la Grande Ourse. Et de deux, Merak, son petit, était avec elle...

Je serre mon sac contre moi, comme pour empêcher les deux indices d'en sortir.

– Comment tu sais tout ça ?

– Une vidéo vient tout juste d'être postée sur YouTube. On y voit l'ourson dans la clairière, puis l'ourse passer rapidement devant l'objectif de la caméra. Mais ce n'est pas tout...

Il me regarde comme si j'étais la principale suspecte !

– À la fin de la vidéo, il y a plusieurs photos de l'ourse éventrée, autant te dire que le monde entier va le savoir dans la seconde !

– Qui a publié une chose pareille ? j'ose tout en sachant que seule Bulle a pu mettre en ligne des extraits de la carte mémoire récupérée dans la clairière.

– Je ne sais pas, mais la vidéo porte un titre…

– Lequel ? je l'interromps.

– « Doudours *the kid* », et, en dessous, il est écrit que l'ourson a été kidnappé par les Belles Demoiselles. Ceux-là, ils vont tous nous faire tourner en bourriques !

Je serre encore plus fort mon sac contre moi, ce qui n'échappe pas à Bertin. Il démarre et ajoute :

– Si tu apprends quelque chose, tu me le dis d'abord à moi, d'accord ? On fait une bonne équipe tous les deux, je l'ai tout de suite compris en te voyant.

Je fonds soudain en larmes, des larmes de colère contre Bulle, contre moi, contre tous ceux qui m'ont poussée à fuir mon cocon breton et ma vie rêvée dans les bras de Lucas. Des larmes de tristesse de ne pas pouvoir soutenir mon frère, d'être loin de ma famille, de mes amis. Des larmes de honte de ne pas pouvoir sauver Doudours d'un destin tragique…

– Je sais, dit Bertin en posant une main sur ma cuisse. C'est horrible, mais tu peux compter sur moi pour retrouver les meurtriers. Ils ne l'emporteront pas au paradis, tu peux me croire…

CHAPITRE 14

CUÉRIR

Les phares de la voiture de Bertin s'éloignent dans la nuit après avoir éclairé le bungalow de Marceau. Je fonce chez Bulle, ouvre sans frapper et la surprends en train d'embrasser Peyo sur le canapé. Assise à califourchon sur lui, elle me jette un regard halluciné. J'en reste bouche bée. Moi qui pensais qu'elle allait me présenter des excuses pour avoir publié « Doudours *the kid* » sans mon consentement... Que dalle ! Bulle danse langoureusement sur Peyo tout en fredonnant un air que j'imagine tiré du *Petit Prince* :

Je ne veux pas d'un éléphant dans un boa.
Un boa c'est très dangereux, un éléphant c'est très encombrant.
Chez moi c'est tout petit. J'ai besoin d'un mouton.
Dessine-moi un mouton. Dessine-moi un mouton[12]*...*

12. *Le Petit Prince*, Antoine de Saint-Exupéry, Gallimard, 1946.

Elle est folle, complet. Peyo sourit, aux anges. Il est enfin sorti avec Bulle et l'accompagne en lui tapant régulièrement sur le haut des fesses comme sur des percussions. Il pense peut-être se faire engager dans le prochain spectacle. Tous deux me regardent intensément. Comme pour me narguer !

Je tourne les talons, c'en est trop.

Je sais ce qui me reste à faire : tout balancer à Marceau. Adieu les Dalton, Lucky Luke, la mission Rantanplan, les Belles Demoiselles, la collecte des indices, les ramasseurs d'ail des ours… Et la promesse faite à cet imbécile de Peyo, qui m'a prise pour une idiote !

Je récupère la clé USB planquée dans le tronc de la glycine, notre boîte aux lettres morte. Une clé qui a permis à Bulle de poster son contenu sur YouTube, par je ne sais quel moyen.

Je file sous le clair de lune, entre dans mon bungalow, utilise ma frontale pour récupérer, cachée dans le pied tubulaire d'une chaise, l'autre clé USB, la copie contenant photos et vidéos d'Alioth et de Merak, puisque je connais leurs noms désormais. Je verse une partie de mon sac sur la table, récupère le talisman de Bulle, la carte mémoire du piège photo de Bertin et range le tout dans la poche latérale de mon pantalon.

Je sors sur ma petite terrasse et inspire longuement. Je n'ai plus qu'à tendre le paquet à Marceau et tout lui raconter. Heure par heure. Je lui fais confiance : il saura comment joindre ces éléments à l'enquête sans me citer, et m'épargner toute audition ou confrontation. C'est à prendre ou à laisser, à lui de se débrouiller !

J'entends Bulle qui m'appelle et se dirige vers chez moi. Je monte rapidement les marches du bungalow de Marceau pour lui échapper. Je surprends deux ombres devant la fenêtre.

Qui peut bien être chez lui ?

Je sens mes forces m'abandonner une nouvelle fois, mais je serre les poings. Jez, je me dis, pour me donner du courage, tu ferais quoi à ma place ? Il fronce les sourcils, sa voix est lointaine : « Ne fais pas ton mouton de base, Klervi, ne te jette pas dans le vide, respire, espère, respire… » J'aimerais le voir à ma place !

J'ose un coup d'œil à l'intérieur de chez Marceau : une table, deux couverts, une bouteille de champagne. Jambes croisées, il est assis sur une chaise, face à une femme portant un bonnet vert sur ses cheveux courts, tout sourire. Un éclair de jalousie vient me frapper en plein cœur, comme si Marceau n'était qu'à moi… N'importe quoi !

J'hésite à frapper à la porte, je ne sais plus quoi faire.

– Claire, faut que je te parle…, murmure une voix dans l'obscurité.

Je sursaute à peine, me retourne et vois les yeux de Bulle briller dans la nuit. Je redescends quelques marches pour la rejoindre. Je l'entraîne vers chez moi, à l'abri des oreilles indiscrètes.

– Me parler ? Plus jamais. Tu es devenue folle ou quoi ?

– Si tu veux parler de Peyo, je…

Je la pousse contre mon bungalow.

– Non, je m'en fiche de lui, je te parle de « Doudours *the kid* », je martèle en marquant bien chaque syllabe. Le kidnappé… T'es fière de toi, de ta vidéo ? La célébrité te manque, c'est ça ?

Elle tente de me prendre la main, le bras, mais je l'en empêche.

– Tu es déjà au courant ? Tu étais au milieu de la forêt et tu le sais déjà ? Mais c'est génial ! J'ai réussi, Claire, on a réussi !

La vidéo, elle a dépassé les cent mille vues, et demain, tu verras, on va taper le million. Regarde !

Elle me tend son portable, mais je refuse de regarder l'écran.

– T'es vraiment folle… C'est une idée de Peyo ?

– Pas du tout, sourit-elle. C'est la mienne, et j'en suis très fière. Je revis, Claire, je me sens enfin utile !

J'hallucine de plus en plus : cette fille n'a vraiment aucune limite !

– C'est ma manifestation, à moi, elle insiste. Sur Internet. Pas un pauvre truc pourri, *has been*, sur une route départementale, comme l'ont fait les Demoiselles, avec des brebis, des cloches et du bla-bla…

– Mais bon sang, on va nous tomber dessus !

– Tu me crois stupide ou quoi ? Tu me déçois.

Son ton est condescendant.

Je me mords les lèvres. D'impatience, de colère. J'ai soudain envie de la frapper pour qu'elle arrête de parler. De lui donner une bonne claque pour la réveiller du cauchemar dans lequel elle nous a plongées.

– La vidéo a été postée par un pote geek, à Londres. Impossible de remonter jusqu'à moi, jusqu'à nous. Et puis, j'ai un alibi en béton…

– Lequel ?

– Peyo. Il a passé l'après-midi avec moi. Il voulait aller voir sa bergère de Flora, je lui en ai coupé l'envie. Mais t'inquiète, c'est déjà fini entre nous…

– Ah oui ? Et depuis quand ? Tu étais sur ses genoux il y a moins de cinq minutes…

– Depuis maintenant. C'est moi qui décide, pas lui.

Je découvre une nouvelle facette de Bulle : autoritaire, limite manipulatrice.

La porte de chez Marceau s'ouvre soudain, j'ai juste le temps d'entraîner Bulle derrière un arbre. Je lui mets une main devant la bouche, autoritaire à mon tour.

La femme sort sur la terrasse, Marceau lui allume une cigarette. Comme Bulle me fait des bisous, j'enlève ma main.

– Tiens, tiens... Voilà le beau photographe, murmure-t-elle. Tu crois qu'il va l'embrasser...

– Chut, je la coupe.

– Oh, mais c'est qu'elle serait jalouse, la Clairette...

Si je pouvais, je lui mettrais deux gifles !

Nous attendons assez longtemps pour en conclure que Marceau n'est pas aussi proche de son invitée que je l'imaginais : il ne lui tient pas la main, ne l'embrasse pas. Assez longtemps aussi pour que ma colère s'apaise...

À l'évidence, je dois faire contre mauvaise fortune, bon cœur.

– Puisque tu as tout prévu, madame la ministre de l'Information, c'est quoi la suite pour demain ? je demande à Bulle.

– La révolution. La prise de conscience, mondiale, globale, totale, que l'on ne doit pas tuer, mais aimer. C'est ma mission, Claire : faire prendre conscience que les animaux sauvages sont des êtres sensibles, que l'on doit les protéger, et qu'il y a, quelque part, un ourson qui a vu sa mère mourir et qui la pleure... s'il n'est pas déjà mort. D'une balle ou de chagrin.

– Merak, je dis. L'ourson s'appelle Merak, c'est le fils d'Alioth, le nom que l'on donne à la plus brillante des sept étoiles de la Grande Ourse.

– À jamais dans nos cœurs, murmure Bulle, au moment où Marceau et la femme au bonnet retournent à l'intérieur.

Claire, on doit se serrer les coudes, pas vrai ? Tu ne me lâches pas, d'accord ? Sans toi, je ne vais pas y arriver…

– À quoi ?

– « Fais de ta vie un rêve, et d'un rêve, une réalité. » C'est d'Antoine de Saint-Exupéry, et je sais que ça te parle. Comme toi, je ne suis pas arrivée ici par hasard, et tu as le même rêve que moi…

Si elle savait pourquoi je suis ici, et que mon rêve le plus secret c'est de retrouver Lucas pour me faire pardonner et fuir avec lui le plus loin possible !

– C'est quoi, ton rêve, Bulle ?

– Guérir et…

Elle hésite. Je lui pose les mains sur les épaules, en signe de confiance :

– Dis-le, lâche-toi… j'insiste.

– Retrouver mon copain. Tout effacer, repartir de zéro. Sans lui, je…

Elle me prend dans ses bras, je me laisse attirer vers elle tout en cherchant la Grande Ourse dans le ciel.

« Guérir. » « Retrouver mon copain. »

Est-elle sorcière au point de lire dans mes pensées ? J'ai la gorge serrée. Je me dis que je ferais bien d'aller me reposer, d'écouter le conseil de Jez. Demain, je dois trouver un moyen de récupérer le drone, avec ou sans Bulle, même si je me suis rendu compte que c'était mission impossible, ou presque. Sauf si la vidéo de Bulle devient virale et met le feu à la vallée. Deux ours tués en l'espace de deux mois. Un ourson kidnappé. Impossible d'oublier la prophétie de Peyo : « Ça va saigner, la vérité ! »

CHAPITRE 15

BRANLE-BAS DE COMBAT

Marceau ne m'a pas réveillée. Pas d'appel sur le talkie-walkie, c'est la première fois depuis notre installation au camping des Ostalets… Dort-il dans les bras de son invitée ? Est-il parti à l'aube enquêter sur la mort d'Alioth ? Vérifier que l'ourson a été kidnappé, comme l'affirme la vidéo ?

En tirant le rideau de ma chambre, j'ai aperçu un camping-car garé en contrebas, dans l'aire réservée. Un bol de thé à la main, je l'ai observé de longues minutes jusqu'à imaginer qu'il pouvait être celui de la femme au bonnet. Aucune porte ne s'est ouverte…

Il est neuf heures du matin, et le local de l'association est aussi bruyant qu'une brigade d'abeilles.

– Branle-bas de combat.

C'est ce que nous dit Bernat en nous voyant arriver. Ce matin, il nous a convoquées au bureau par texto, Bulle et moi. Il fallait qu'on rapplique le plus vite possible. Il ne nous a pas laissé le temps de lui rappeler que c'est mercredi, notre jour de repos. Moi qui pensais récupérer le drone, m'enlever cette grosse épine du pied !

Branle-bas de combat.

Au sein du local, la rumeur devient vérité. Après Mohican, les Demoiselles ont encore frappé, tué un autre ours, kidnappé un ourson. Pas étonnant que les « chasseurs d'ours et de préfet » aient arrêté le convoi portant Alioth vers la destination « autopsie ». Ils s'autorisent tout. N'ont peur de personne. Homme debout. Et ils le font savoir. Ours dehors. Bras d'honneur au « préfet ours », aux forces de l'ordre, au président de la République, au monde entier. Ils sont intouchables, protégés. Derrière la barbarie, il y a la main du Baron, le projet Valdor contre Vert Internet, contre la présence des ours. Et des loups, des renards, des cerfs, des isards. De tous ceux qui vivent dans la forêt. Contre le vivant. Pour la coupe des hêtres, puis des sapins. Pour l'ouverture des mines de tungstène, la recherche de terres rares comme le cobalt, le lithium ou le gallium. Pour la cueillette de la gentiane avec des pelles mécaniques. Pour redynamiser un monde rural en perdition. Par nostalgie d'une époque où l'humain peuplait la montagne. Avec toujours ce but ultime, faire travailler les autres pour gagner plus. Toujours plus.

Bernat est furieux, mais il ne baisse pas les bras. Au contraire. Surtout depuis huit heures ce matin, heure à laquelle le ministre de la Planification écologique a posté un tweet :

« Une ourse a été découverte, éventrée, près du piège visant à capturer un ours jugé “à problème”. C'est inacceptable : l'ours est une espèce protégée, cet acte est illégal et profondément condamnable. L'État va porter plainte. Les auteurs seront retrouvés et condamnés. »

Bertin s'est invité à la réunion de crise. Des cernes sous les yeux, les joues plus creusées qu'hier. En catimini, il me demande si je n'ai pas vu la carte mémoire de son appareil, ne l'ayant pas retrouvée dans ses affaires. Les yeux dans les yeux, je lui réponds qu'elle a dû tomber, là-haut, une mauvaise manipulation sans doute, et que je suis prête à remonter avec lui pour la récupérer. Il grogne, maudissant la fatigue qui lui ramollit le cerveaux... Ouf !

La réunion à peine terminée, Lucie, Bulle et moi nous mettons au travail. Cellule de crise. Le directeur nous a demandé de réfléchir aux « éléments de réponse », de dresser une liste d'arguments visant à défendre la peau de l'ours avant que d'autres plantigrades ne soient tués ou kidnappés. Merak sera-t-il le premier ours à rejoindre un parc en Espagne, comme l'ont annoncé les Demoiselles armées et cagoulées dans la vidéo ?

Nous profitons de l'expérience de Lucie pour avancer rapidement dans notre réflexion.

Les attaques de la bande du Baron sont toujours les mêmes : l'ours croque trop de brebis ; « il » s'attaque aux chevaux, veaux, vaches, cochons, et même aux patous, les valeureux chiens de garde ; « il » fait peur aux randonneurs, à leurs enfants et à leurs chiens ; « il » vient manger dans les poubelles des villages, erre dans les stations de ski et emprunte les chemins dédiés aux vélos tout-terrain ; « il » entre dans les bergeries, n'a peur de personne ; « il » est le diable, comme du temps où saint Augustin affirmait la supériorité de l'homme sur les animaux, « il » possède une force extraordinaire, une sexualité débridée et s'accouple avec des femmes pour donner naissance à des monstres... L'ours !

La liste est longue, mais la nôtre s'allonge aussi : l'ours est une espèce protégée, en danger critique d'extinction ; il est omnivore, et ne tue en moyenne que deux brebis par an, et exceptionnellement d'autres animaux ; méfiant et craintif, il n'est responsable, par an, que d'une perte sur mille brebis tuées ou dérochées, un dégât indemnisé par l'État ; animal de la forêt, il fuit l'homme, sauf s'il est surpris, acculé ou se sent menacé – situations très exceptionnelles ; animal légendaire, il fait partie du patrimoine pyrénéen ; sa présence dans le massif est compatible avec le pastoralisme, les mesures de protection ayant réduit les attaques mortelles dans les estives…

Très vite, nous sommes convaincues qu'il faut enregistrer une vidéo, soixante secondes maximum, format Instagram oblige. Style : « urgence enlèvement ». Mais qui, face caméra ? Lucie vote pour Bulle, évoque sa notoriété, son influence, mais celle-ci refuse, arguant que seul Bernat en a la légitimité. Qui de mieux qu'un enfant du pays, défenseur du *moussu*, pour lancer un appel à l'aide, retrouver Merak sain et sauf, et jeter en prison les auteurs de la barbarie ?

Bulle jubile, je le vois dans ses yeux. Sa vidéo a franchi le million de vues. Sur les réseaux, à la télévision, à la radio, un surnom est en haut de l'affiche : Doudours. Une interrogation passionne les foules : qui sont ces Belles Demoiselles qui ont kidnappé l'ourson ? Une autre monte en flèche : comme sa mère, Doudours est-il mort ?

Lucie croise mon regard, insiste, il faudrait une femme, souriante, convaincue, volontaire, l'incarnation même de la jeunesse et de la défense de la vie sur la planète. Je refuse, timidement. Elle insiste encore… Je lui retourne la proposition. Elle se voûte et rougit presque.

– Va pour Bernat, je m'en occupe, conclut-elle, déçue. Vous rédigez le texte ?

Bulle et moi réfléchissons, écrivons, gommons, ajoutons, rectifions, réfléchissons encore, cherchons, corrigeons, sans trouver notre conclusion. La fameuse chute, qui restera à l'esprit de celui qui croit que, jusqu'ici, tout va bien. Bulle ne cesse de se lever pour refermer la porte, qui est sans arrêt ouverte par Bernat, Bertin ou Lucie qui nous annoncent tour à tour les dernières nouvelles : l'ourson aurait été vu en Espagne, et même en Slovénie ; un Tchétchène aurait revendiqué le kidnapping de « Doudours » depuis Grozny, la capitale de son pays ; la dépouille de l'ourse aurait disparu, volée au Muséum d'histoire naturelle de Toulouse pendant l'autopsie…

Le monde est fou, je me dis.

Quand Lucie disparaît dans le couloir, Bulle en profite pour me faire passer des petits mots, comme si nous étions encore à l'école. J'y lis qu'elle a largué Peyo, que les Dalton sont en panique et vont finir par sortir du bois, que nous sommes les véritables Lucky Luke, car tous les autres sont nuls.

Je voudrais partager son optimisme, mais, ce matin, j'ai le moral dans les chaussettes : plus les minutes passent, moins j'ai de chances de récupérer le drone. Pourvu que les Dalton ne le retrouvent pas ! Il faut absolument que je croise la route de Peyo, le seul à pouvoir m'aider.

Au bout de deux heures, nous mettons enfin un point final au texte, un « commentaire » de moins d'une minute que nous imprimons, et donnons à lire à Lucie et Bernat.

Je n'avais pas envie d'insister sur le kidnapping de Merak, dont Bulle, Peyo et moi sommes les seuls témoins. Bulle m'en a finalement persuadée, comme si elle prenait un malin plaisir à jouer ce double jeu. Schizophrénique. Et dangereux ! Pourtant, n'est-il pas de notre devoir de venir en aide à l'ourson ? La solution la plus cool, c'est de mettre la pression sur les Dalton pour qu'ils le libèrent, en saturant les réseaux de photos, de commentaires. Là où l'émotion est contagieuse, là où nos vidéos porteront le virus de l'indignation jusque dans les quartiers les plus urbains, les pays les plus lointains, là où la forêt a été rasée, là où des espèces disparaissent tous les jours, là où la mort a remplacé le vivant. Là où nous formerons une communauté pour sauver Merak, l'orphelin des Pyrénées.

Nous avons le titre de la vidéo : *Alerte Doudours !*

Bulle a écrit une petite note dans laquelle elle explique qu'elle filmera le directeur, idéalement dehors, avec vue sur les hauteurs enneigées, qu'elle fera le montage du reel et s'occupera de le poster sur Instagram.

Notre tutrice est débordée par les appels téléphoniques en provenance du monde entier : elle répond, en anglais, en espagnol et même en allemand, aux inquiétudes des adhérents de l'association, dispersés sur toute la planète… Sur les réseaux, les hashtags #freedomfordoudours et #doudoursthekid se multiplient au fur et à mesure que des influenceurs partagent leur indignation et leur soutien à l'ourson disparu.

C'est incroyable mais vrai, et tellement touchant !

Toute de bleu vêtue, une gendarme apparaît soudain dans l'encadrement de la porte. Cheveux châtains, tirés en arrière. Yeux noirs. Mon cœur fait un bond.

– Claire, c'est ça ? Et Annabelle…

– Vous pouvez m'appeler Bulle, pas de souci.

Elle referme la porte derrière elle.

– Lucie m'a dit que vous lui avez remis un échantillon de sang et des poils d'ours trouvés près d'un arbre…

– Magique, l'arbre, l'interrompt Bulle.

La gendarme appelle Lucie par son prénom, elle la connaît. Elle sait donc que Lucie est la fille du Baron, le chef supposé des Demoiselles.

– Et Bertin Barousse m'a confirmé que vous étiez en montagne samedi après-midi, sur le chemin des ours. C'est exact ?

J'opine sans fuir son regard, ce qui serait une preuve de ma fébrilité. Bertin a peut-être cru à ma fable concernant la perte de sa carte mémoire, mais il n'est pas né de la dernière pluie… Le selfie, il ne l'a pas rêvé !

– Pouvez-vous me dire ce que vous avez fait là-haut, samedi et dimanche ?

Bulle me jette un coup d'œil, mais avant qu'elle n'ouvre la bouche, je me lance :

– C'était notre première sortie ours. On a ramassé des indices, des poils, récupéré du sang…

– Et on a vu un ours, un vrai, insiste Bulle, qui passe son téléphone d'une main à l'autre. Je m'en souviendrai toute ma vie !

Un éclair me traverse. Bulle a-t-elle gardé, sur son portable, « Doudours *the kid* » et la vidéo de l'arsenal d'Oscar que nous devons montrer à Peyo ? Pourvu que la gendarme ne lui confisque pas son téléphone…

– On a passé la nuit dans une cabane, je reprends, mais sans faire de feu… L'odeur du bois brûlé, des grillades, ça éloigne les animaux. Alors, comme…

– Comme ?

Aïe, je ne peux plus revenir en arrière.

– Comme on pensait en voir dès le lever de soleil…

– Voir quels animaux ?

– Saxo, l'ours aperçu la veille, précise Bulle. Mais...

– Mais quoi ?

Hyper-vigilante, la gendarme ne cesse de regarder le téléphone de Bulle et les mains de celle-ci qui manipulent l'objet, comme un enfant le ferait avec un jouet. J'ai l'impression qu'elle est venue rien que pour ça, mais je me rassure en me disant que le portable n'a pas borné là-haut et qu'il n'y a aucune preuve radiotéléphonique de notre passage. Heureusement qu'il n'y avait pas de réseau, sinon, déjà en garde à vue !

J'essaie de renverser la situation, une tactique pour ne pas me laisser déstabiliser. J'imagine la femme aux yeux noirs en train d'acheter des cagoules, de séduire Oscar pour obtenir une seringue hypodermique, et que sais-je encore ! Une gendarme « William », pourquoi pas ?

– Mais, reprend Bulle, on a vu des vautours qui étaient en train de dormir et...

– Vous étiez juste toutes les deux ?

– Avec Peyo, je réponds sans donner d'autres précisions.

– Le fils de Marti Massax... J'imagine que c'était votre guide. Personne d'autre ?

Nous faisons non de la tête. C'est clair, elle mène déjà l'enquête au sujet de ce que Bernat a appelé tout à l'heure « le dimanche noir des ours bruns ».

– Et après, en fin de matinée, vous étiez où ?

– Bulle avait de grosses ampoules aux pieds à force de marcher, j'explique. Nous sommes redescendus en prenant tout notre temps.

– Vous n'avez croisé personne ? Rien entendu de particulier ?

– Non.

– Un coup de fusil ? Plusieurs ?

– Non plus.

Bernat passe une tête dans le bureau et demande à voir la gendarme. En privé. Celle-ci nous fixe, l'une après l'autre, tourne les talons et croise Lucie.

Je tends à ma tutrice une feuille, sur laquelle est imprimé le commentaire de la vidéo.

– Elle voulait quoi ? nous demande-t-elle.

– Savoir si on n'a pas tué l'ourse et kidnappé son petit, ose Bulle. On lui a dit qu'il était planqué sous ton bureau.

– Trop drôle...

Bulle prend des médicaments qui la font délirer, je me dis, ce n'est pas possible autrement.

– Les gendarmes, reprend Lucie avec sérieux, ils mangent leur képi par petits morceaux. Depuis vingt ans, ici, il n'y a pas une seule enquête sur la mort d'un ours qui ait abouti. J'espère que, cette fois-ci, ils ne vont pas juste faire de la figuration. Sinon, on va s'en occuper nous-mêmes, des jolies Demoiselles... Pas vrai, les filles ?

Elle lit rapidement le commentaire, la voix off de la vidéo « alerte-enlèvement »

– Garde ça pour plus tard. Bernat a changé d'avis, il ne veut pas souffler sur les braises. Il veut d'abord s'assurer que l'ourson a bien été kidnappé, ce que ne démontre pas la vidéo sur YouTube, et que les Demoiselles y sont bien pour quelque chose. Allez déjeuner, ça va vous détendre !

Nous sortons sans mot dire, assommées par la prudence du directeur, les questions de l'énigmatique gendarme aux yeux noirs et la désillusion de Lucie. Et que veut-elle dire par : « On va s'en occuper nous-mêmes, des jolies

Demoiselles » ? Va-t-elle créer un front de Libération International des Ours ? Tuer les Dalton ?

Des bourrasques nous accueillent devant le bar, mais j'insiste pour rester en terrasse, une polaire sur le dos. J'ai vraiment besoin de prendre l'air !

Huguette, toujours chaleureuse et maternelle, nous accueille d'un bisou sonore sur la joue, tout en nous serrant très fort contre elle. Si ça nous agace parfois, aujourd'hui ça nous réconforte. Nous commandons le plat du jour, une salade de pommes de terre, d'artichauts, d'olives noires et d'ail des ours, et attendons que la patronne tourne son dos voûté pour commencer à discuter.

– Tu as écrasé la vidéo du *kid* ?

– Évidemment ! s'exclame Bulle.

– Et celle de la planque du braconnier ?

Elle pose une main devant sa bouche, comme pour ravaler un « oups ». Je la fusille du regard.

– J'ai zappé…

Je réfléchis rapidement, murmure :

– Le verre à moitié plein…

– Quoi ?

– C'est mieux comme ça, j'affirme. Il faut montrer la vidéo à Peyo, c'est trop important pour Rantanplan…

Bulle me lance un bref sourire, soulagée.

– Heureusement que tu es là, dit-elle. C'est drôle quand même…

– Quoi ?

– Depuis samedi, tu fais gaffe à tout, rien ne t'échappe. Et comment tu l'as jonglée, la gendarmette ! Tu me fais penser à un mec que j'ai rencontré à New York, un Français, toujours à faire gaffe lui aussi. Le style à prendre un bus, un taxi et le métro juste pour faire cent mètres et à changer de portable deux fois dans la journée.

– Oh le mytho ! j'ose.

Elle me regarde comme si elle m'examinait sous cet angle-là.

– Au bout de la nuit, il m'a avoué qu'il était en cavale, il m'a montré des articles de presse…

Je repense à mon arrestation parisienne, mais je me rassure en me disant que moi, j'ai changé de look et qu'à ma connaissance, aucune photo de Klervi Marzan n'a été publiée dans les médias et sur les réseaux sociaux.

– Bulle, j'ai donné ma parole à Peyo que je l'aiderais, et je ne suis pas du style à la reprendre. Alors, oui, je fais gaffe, mais il y un truc qui nous a échappé et qui défonce notre légende…

– Quoi ?

– Le selfie que j'ai fait avec Peyo. Tu te souviens ? C'était samedi après-midi, mais heureusement, le piège photographique appartient à Bertin…

– Heureusement ?

– Oui, hier, j'ai pu récupérer la carte mémoire…

– Mais comment tu as fait ?

– Je lui ai piqué et j'ai aussi récupéré ton talisman.

– Deux preuves en moins.

Huguette nous apporte nos plats. Bulle me regarde avec des étoiles dans les yeux, tout en entamant sa salade mixte.

– T'es vraiment incroyable, Claire ! Tu devrais te lancer dans l'espionnage, je te verrais bien en Green Spywoman en train de sauver le monde de la crise environnementale !

Je reste de marbre, j'ai pris cette habitude lorsque la discussion me renvoie à mon passé, mais si je pouvais, je laisserais échapper un sourire en coin. Une espionne verte. Verte de rage. Et pourquoi pas ?

Des personnes assises à une table voisine parlent de Doudours, de son destin d'orphelin. Une jeune femme assure qu'il a été kidnappé pour être expédié en Tchétchénie : là-bas, dit-elle haut et fort, il y a des fermes à ours. Des milliers d'ours sont enfermés dans des cages et affamés pour produire de la bile. C'est horrible ! On les maintient allongés de force, avec un cathéter enfoncé dans la vésicule. Ces gens-là sont des monstres, et tout ça pour revendre la bile en Chine, pour soi-disant guérir du cancer du foie. Comment c'est encore possible, à notre époque ?

Un autre rétorque que ce sont des légendes, que les Tchétchènes n'ont rien à voir dans l'histoire, que c'est encore un coup du Baron, mais sa voix est soudain couverte par le bruit d'un moteur. Familier. Un quad. Lucas, nos virées sur la plage, moi, accrochée à lui, à tout risquer, à tout perdre.

Peyo s'arrête près de nous, descend d'un bond du bolide et offre ses lèvres à Bulle, qui détourne la tête.

– Tu fais quoi, là ?

Il est beau, Peyo, quand il fronce les sourcils et passe sa main dans ses boucles d'or.

Sans un regard pour lui, Bulle sort son téléphone, lui montre l'écran.

– Y a bien une carabine hypodermique, là ? chuchote-t-elle pour ne pas attirer l'attention de nos voisins.

Peyo s'approche, intrigué.

– Vous avez filmé ça où ? demande-t-il à voix basse.

– Carabine ou pas ? murmure Bulle.

– Là, dit-il en pointant du doigt, c'en est une… Wahou, mais y a de quoi armer…

Peyo se retient de crier son admiration. À voir ses yeux ronds, ce n'est pas l'envie qui lui manque.

– Armer les Dalton, poursuit Bulle, fière d'elle. On a trouvé ça chez…

– Ne lui dis pas, je la coupe. On ne sait jamais…

Toujours debout derrière Bulle, Peyo pose les mains sur ses épaules, mais elle se dégage d'un geste brusque.

– Oh, Rantanplan, on fait équipe ou quoi ?

Bulle lève les yeux au ciel, se lève et ajoute, moqueuse :

– Tu paies l'addition, pour moi ? T'es mignon. Pour le reste, toi et moi, c'est fini !

Puis elle tourne les talons. Peyo me lance un regard médusé. Bulle entre dans le bar sous l'œil de nos voisins, qui l'ont reconnue. La star du *Petit Prince*… La célébrité fait tourner les têtes.

Peyo s'apprête à la rejoindre, mais je le retiens en lui attrapant fermement l'avant-bras. À l'oreille, je lui glisse que l'on doit gagner la montagne, retrouver le drone. C'est maintenant ou jamais. Lui et moi.

Humilié, il ne peut s'empêcher de jurer dans sa barbe naissante, remonte sur sa machine et s'éloigne en pétaradant. Je me retrouve seule, la risée de mes voisins qui n'ont pas perdu une miette de notre manège. Et Bulle qui s'est sûrement enfermée dans les toilettes…

Tandis que je pose un billet sur la table, j'entends le moteur du quad, qui revient en vrombissant. D'un mouvement du menton, Peyo me fait signe :

– Monte !

– T'es sûr ?

Peyo est furieux, vexé. C'est lui habituellement qui brise les cœurs, pas l'inverse, j'espère secrètement que cette scène de ménage ne va pas être toxique à notre mission.

Nous filons à vive allure, traversons le village après être passés devant l'école. Je m'accroche en serrant mes bras autour de sa taille pour ne pas perdre l'équilibre, et manque de l'écraser lorsqu'il freine brutalement avant de tourner en direction de sa ferme.

Le quad passe au ralenti devant le garage familial. Je reconnais la haute taille de Marti, les bras croisés sur une salopette grise, en train de parler à Flora. Plus loin, sous un hangar où est garé un vieux tracteur, Peyo récupère deux casques, m'en tend un et remet les gaz.

Plantée au milieu de la route, Flora essaie d'empêcher le quad de passer.

– Lâche-moi, un peu, tu veux ? lui lance Peyo, exaspéré.

Elle lève une grosse clé à molette en l'air et s'approche de nous comme si elle allait nous frapper.

– Toi, crie-t-elle, si tu me voles Peyo, je te tue, tu m'entends ?

Peyo accélère tout à coup, contourne Flora, qui manque de peu de m'assommer. Elle me prend pour Bulle ou quoi, cette dingue ?

Je m'accroche au pilote, les muscles tétanisés, quand le quad freine sèchement au pied de Marti.

– Tu vas où encore, avec l'espionne ? Tu n'as pas honte ?

Je sourcille.

– Moi ?

– Je parle de toi, oui… Vous, les volontaires, à chaque fois c'est pareil : vous faites tourner la tête de mon fils, et quand vous partez, son cerveau est à l'envers, il ne veut même plus aller à la chasse !

– Papa, allez, c'est bon, laisse-nous passer…

– On t'a vue, à la manif, dit Marti en me pointant du doigt. D'ailleurs, la prochaine fois, ce n'est pas la peine d'enlever ton écusson, tout le monde sait qui tu es et ce que tu es venue faire ici…

Un frisson me saisit… Sait-il que je suis Klervi ? Mise au vert par Marceau ? Ou c'est juste des paroles en l'air pour m'impressionner ?

– Et toi, dit-il à son fils, tu restes ici, y a une vidange à terminer. Moi, je dois descendre, on m'attend au rond-point…

Il attrape fermement le bras de Peyo, le forçant à descendre du quad.

– Papa…

Peyo est prêt à céder à l'autorité paternelle mais je l'en empêche en tirant discrètement sur le bas de sa polaire. Pas question de rester ici !

– Prends exemple sur Flora, ajoute Marti en regardant en direction de la maison. Elle au moins, elle ne fait pas semblant de…

Je repousse Marti du pied, tape sur l'épaule de son fils en lui criant de toutes mes forces de foncer.

Par réflexe, je serre fort Peyo, qui démarre comme une balle. Je ferme les yeux, aveugle et sourde à la colère de Marti, et les ouvre lorsque notre quatre-roues retrouve le macadam lisse de la route qui serpente vers la vallée. Pendant que Peyo crie sa joie sous le casque, qu'il libère son trop-plein de frustrations, d'humiliations répétées, je m'accroche à lui comme s'il était mon arbre magique, celui qui m'indiquera le chemin pour retrouver Doudours, sain et sauf. J'en ai la chair de poule !

Au bas de la descente, nous croisons un gendarme qui demande à Peyo de ralentir. Heureusement que l'on porte des casques !

Sur la route départementale, nous apercevons au loin le rond-point, pris d'assaut par des dizaines d'individus qui bloquent la circulation. Encore une manif des Demoiselles ? Impossible de prendre à gauche, direction l'Espagne, pour rejoindre la piste forestière. La route est bloquée par un cordon de gendarmes serrés les uns contre les autres.

Autant se rendre en ville pour trouver la trace des Dalton.

En me levant sur les cale-pieds, je distingue une poignée de journalistes qui observent la scène, et même un fourgon muni d'une antenne parabolique. L'affaire est sérieuse !

Accrochée à un tracteur, une remorque est stationnée sur le terre-plein central, près de la sculpture géante d'un vélo du Tour de France.

Pendant que Peyo se fraie lentement un chemin, direction la ville, j'aperçois un gros ours en peluche posé sur la cabine du tracteur, et Zelda, debout sur la remorque, un porte-voix en main. À l'évidence, c'est une manif pro-ours, ce qui me rassure un peu, après ce que m'a dit Marti. « Toi, l'espionne », sous-entendu, pour le compte de Bernat et de sa clique d'escrolos, enfin j'espère.

Le quad zigzague en donnant des petits coups d'accélérateur, histoire de forcer le passage. Des manifestants pestent, d'autres donnent une tape amicale sur nos casques, à l'évidence le quad est connu comme le loup blanc dans la vallée. Un chauve bouscule Peyo et lui demande de foutre le camp, de retourner avec ses amis, les chasseurs.

– T'as pas ta place ici, Peyo ! Dégage !

Je me serre contre Peyo, ce qui, étrangement, me rassure…

Nous voilà au milieu du manège où hommes, femmes et enfants tapent sur des casseroles lorsque l'instituteur se met à scander : « Sauvez les ours, libérez Doudours ! »

J'ai un peu l'impression qu'il s'adresse à nous, qui sommes les seuls à savoir que l'ourson a vraiment été enlevé à sa montagne.

Je tape sur l'épaule de Peyo.

– Tu as fait le tour des centres médicaux ?

– Oui, dit-il en se retournant légèrement vers moi. Mais aucun mec à l'épaule destroy.

– Et l'hôpital ?

– Je n'ai pas eu le temps, désolé…

Il y a vraiment des gifles qui se perdent !

– Tu sais qu'on fait tout ça pour toi ? je lui lance, agacée. Allez, fonce !

Peyo accélère, enfile les virages en coupant les lignes blanches comme s'il faisait une course contre une montre imaginaire. Je m'accroche, ferme les yeux lorsque le danger m'éblouit, celui de me retrouver face à un camion ou de voler dans le décor.

Au bout d'un moment, le quad freine soudain à la sortie d'un virage serré, non loin de l'entrée de la ville.

Nous voilà derrière un nouveau cordon de gendarmes, équipés cette fois de casques, boucliers et de protection au niveau des bras et des jambes. L'un d'eux nous fait signe de faire demi-tour, de dégager.

– Il se passe quoi ?

– C'est la contre-manifestation, les Demoiselles, m'explique Peyo. Mais on va passer, t'inquiète.

– Mais t'es fou, c'est super-dangereux !

– La vérité, assure-t-il.

Le quad s'approche lentement des gendarmes. Face à eux, je reconnais, parmi les manifestants, quelques-uns des visages croisés avant-hier autour du convoi de l'ourse morte. Les

Demoiselles sont de nouveau sur le pied de guerre… Le fameux « Lulu », à l'épaule en vrac, est-il de la partie ? Et la blonde aux yeux noirs ? Et Oscar ? Certains portent de longues chemises blanches maculées de taches rouge sang, d'autres des pancartes où l'on peut lire des slogans hostiles au plantigrade. Au bout d'une fourche, j'aperçois un ours en peluche pendu, un nœud coulant autour du cou.

Réagissant à une série de sifflets, les manifestants avancent comme un seul homme, jusqu'à bousculer les forces de l'ordre et les faire reculer d'un mètre à chaque fois.

La vague se rapproche.

Peyo ôte son casque, me demande de ne surtout pas enlever le mien, et défait ses longs cheveux blonds. Il veut être reconnu, ne pas être pris à partie par les manifestants.

Pendant que des individus frappent les boucliers des gendarmes avec des peaux de brebis, et qu'une série d'explosions de pétards me fait sursauter, nous sommes avalés par la vague des Demoiselles, qui réussit à faire reculer les gendarmes sur une dizaine de mètres. Je sens soudain une odeur de pneu brûlé, aussi âcre que la colère qui gronde autour d'un feu improvisé au milieu de la route.

Comment allons-nous sortir de là ?

Peyo avance par à-coups, saluant de la main ceux qui le reconnaissent. Une charge des gendarmes fait soudain reculer les manifestants, qui se mettent à siffler et à jeter des fumigènes, des pétards et même des cailloux.

La tension monte, et sous mon casque, j'étouffe !

– Vous faites quoi ? demande Peyo à un homme portant, écrit sur le dos de son tee-shirt, le slogan « Ours dehors ! ».

L'individu se retourne. C'est Oscar ! Je détourne les yeux, comme s'il pouvait reconnaître celle qui était cachée sous le lit, près de son armoire secrète.

– Oh, Peyo ! Tu viens du rond-point ?

– Oui, pourquoi ?

– Ils sont nombreux ?

– Une centaine.

– Coquin de sort !

Oscar parle fort à l'oreille de son voisin, lequel fait passer le message à un autre.

– Vous allez où ? demande Peyo.

– Au rond-point, faire la peau de celui qui a posté la vidéo sur YouTube et balancé que les Demoiselles ont volé le petit ! Y en a marre d'être pris pour des cons par les escrolos ! C'est la dernière fois, crois-moi !

J'espère que les gendarmes vont les en empêcher, et surtout que Bulle n'a pas rejoint le manège du rond-point, avec Lucie, Bertin et Bernat. Dans tous les cas, Bulle est sacrément en danger. A-t-elle vraiment bien effacé toute trace entre son geek londonien et son téléphone ? Je me le demande, elle est tellement perchée, par moments…

Si les Demoiselles la retrouvent, que va-t-il se passer ? Elle nous balancera pour sauver sa peau ou elle se sacrifiera? Qu'arrivera-t-il à Peyo ?

CHAPITRE 16

JOE LE DALTON

Dix minutes plus tard, nous voilà dans le hall de l'hôpital, où des banderoles sont accrochées sur les murs.

« Non à la fermeture de la maternité, de la chirurgie »

« Non au démantèlement des services publics en milieu rural »

Casque sous le bras, Peyo s'approche d'une jeune femme en blouse blanche, assise derrière un comptoir vitré. Elle relève la tête, tout sourire en le voyant.

– Peyo, mon chéri, ça va ?

Drague-t-il vraiment toutes les femmes de la vallée ? Pour seule réponse, il se passe la main dans les cheveux. Quel charmeur !

– Et toi ?

– Si t'as un problème au cœur, blague la femme tout en me faisant un clin d'œil, ce n'est plus ici que tu dois t'adresser, le service de chirurgie vient de fermer…

– Pour une fois, c'est sérieux, cousine.

Mon cœur fait un bond : comment ça, « sérieux » ?

– Je voudrais savoir si un mec est venu ici dimanche soir ou lundi matin avec une épaule en vrac…

– Pour une radio ? répond-elle. Non, parce qu'il ne nous reste plus que ça, des rayons X ! Comme ça, on va crever plus vite…

Clavier. Souris. Petit sourire en coin. Imprimante. Une feuille tendue.

– Je ne t'ai rien donné, on est d'accord ? De toute façon, j'emmerde la direction. Que des oiseaux de malheur, des voleurs, pires que des vautours et des corbeaux réunis !

Peyo parcourt la fiche médicale.

– Rafael Gotolonia…

– Il t'a fait quoi ? Habituellement, c'est plutôt après les filles que tu cours, Brise-Cœur…

– Il doit du fric à mon père…

J'imagine que Peyo improvise, et si c'est le cas, il remonte un peu dans mon estime. En tout cas, plus la peine de penser à Lulu.

– Un voleur, un de plus, décidément ! s'exclame la jeune femme.

Puis baissant la voix, elle confie :

– Ton Rafael, tu le trouveras à la scierie…

– Celle que le Baron veut agrandir ? Près de la frontière ?

– Valdor, précise-t-elle en posant un doigt sur ses lèvres.

– Merci cousine, je te revaudrai ça.

La jeune femme me désigne d'un coup d'œil.

– Ne lui brise pas le cœur, à la grande. Tu as déjà fait assez de dégâts comme ça…

Peyo se marre, lui envoie une bise tout en reculant et me tend la feuille. Je la laisse tomber par terre, exprès, ce qui le fait sourciller.

– Je ne suis pas ta secrétaire…

J'imagine qu'il va m'ordonner de la ramasser, en bon macho qu'il est, mais non, il se baisse, la récupère et la plie en quatre.

– Tu as raison, murmure-t-il. Un jour, tu seras ma femme, et je te ferai princesse de la vallée…

J'éclate de rire, ce qui le fait marrer à son tour. Un sourire qui fait chavirer les cœurs, la vérité.

Une fois sur le parking, nous remontons sur le quad.

Casques. Contact. Clac. Première. Clac. Seconde. Accélération.

Je soupçonne Peyo d'aller vite, de freiner brutalement, pour que je reste scotchée à lui. Je ressens pour la première fois un élan de tendresse pour lui, mais je m'en défais aussitôt, ce n'est pas le moment de me laisser ensorceler par Brise-Cœur…

Nous reprenons l'axe principal de la ville et nous arrêtons près du *Bar des amis*, situé sur une place où coule une fontaine. « Une petite pause », explique Peyo en enlevant son casque et en s'ébouriffant les cheveux. J'ai toujours en tête, et plus que jamais, que Marthe, sa tante, est William, et que son compagnon, Daniel, est Jack. Et si la chance nous servait sur un plateau, là, maintenant, sur la terrasse, notre Joe, blessé à l'épaule ?

Lorsque Peyo me présente la sœur de son père, j'ai l'impression que je ne suis pas sur la bonne piste, celle de la blonde aux yeux noirs : Marthe est brune, yeux marron clair, et n'a pas du tout l'accent espagnol. Rien à voir avec la femme qui a acheté un lot de cagoules au surplus militaire, arraché la caméra thermique ou encore dragué Oscar pour récupérer l'anesthésiant. Et pas d'homme en vue portant une attelle du côté gauche. Pourtant, la foule est au rendez-vous du *Bar des amis*. Sur la terrasse, plusieurs tables ont été rapprochées pour accueillir un groupe de « babacools » – c'est ainsi que Peyo me les désigne discrètement – et des journalistes, si j'en juge par les micros et les caméras posés à leurs pieds.

Après son succès sur les réseaux, la vidéo #doudoursthekid s'est imposée dans les médias traditionnels. En quelques heures, la vallée est devenue le centre du monde. À moi de faire attention… Même avec les cheveux courts, ce n'est pas le moment de me faire « détroncher », comme le disait souvent Lucas.

Je m'assois sur un tabouret, Peyo reste debout, les mains posées sur le comptoir. Pendant qu'elle fait couler de la bière dans une pinte, Marthe me regarde droit dans les yeux, ce qui m'oblige à baisser le regard. Elle pose ensuite deux verres de limonade sur le zinc et nous tend une paille.

– Tu as changé de look ? me demande-t-elle soudain, tout en lançant un bref sourire à Peyo.

J'ai l'impression de me liquéfier. Comment sait-elle que je me suis transformée physiquement ?

– Tatie, ce n'est pas Bulle, mais Claire…

– Toi, alors ! lâche-t-elle, comme si elle était habituée à voir défiler les conquêtes de son neveu. Désolée, Claire, je pensais enfin croiser la star de ses rêves ! Alors, c'est quoi les nouvelles, mes tourtereaux ?

Peyo lui explique que nous avons réussi, non sans difficulté, à traverser les deux manifestations. « C'était chaud », dit-il à plusieurs reprises, comme pour rappeler qu'il s'en est sorti haut la main.

Un torchon sur l'épaule, Marthe termine sa vaisselle.

– À force, ils vont se foutre sur la gueule, et les seuls qui vont en tirer un bénéfice, c'est encore les ours ! Tu as vu cette vidéo qui fait pleurer dans les chaumières ? Bon dieu, c'est quoi, encore, cette histoire d'ourson kidnappé ? On n'a jamais vu ça par chez nous…

Forte en gueule. Voilà ce que je ressens en écoutant la patronne du bar. « Un mot sur tout, tout sur la note », comme dit mon père lorsqu'il vérifie à deux fois l'addition du bar ou du restaurant.

– Tiens, quand on parle du loup…

À l'aide d'une télécommande, Marthe monte le volume de la télévision qui est accrochée au mur, près d'un jeu de fléchettes. À l'écran, un journaliste fait un micro-trottoir dans les rues de Paris au sujet de l'enlèvement de Doudours. Du fameux « dimanche noir ». Il affirme qu'Alioth a été éventrée par des hommes armés de longs couteaux. Une dame âgée s'insurge : il faut en finir avec le terrorisme. Les larmes aux yeux, un lycéen demande aux ravisseurs de ne pas tuer Doudours et de le relâcher dans la nature, le plus vite possible. C'est une question de vie ou de mort. Un homme portant un costume sombre propose de remettre en service la guillotine, de couper les têtes du « commando armé », comme si l'expression, que je n'avais pas encore entendue, était connue de tous. Enfin, une dame, elle, s'en contrefout de Doudours : elle a d'autres chats à fouetter, elle doit avant tout trouver un vétérinaire pour son chien !

Terrorisme. Dimanche noir. Commando armé.

Un ourson kidnappé, maltraité, caché, mais toujours vivant.

La rumeur a-t-elle déjà montré du doigt les Tchétchènes ? Ce que je redoute est formulé par le journaliste, sur des images d'ours qui se grattent contre des arbres magiques et d'oursons qui font des câlins à leur mère : « Pour sauver Doudours, les enquêteurs ont engagé une véritable course contre la montre, suivie dorénavant par le monde entier, et devront répondre à cette terrible question : les trafiquants d'ail des ours sont-ils, oui ou non, les responsables d'une barbarie jusque-là inédite sur notre territoire ? Pour y répondre, les gendarmes pourront compter sur le soutien de l'association Nature & Pyrénées sauvages, qui vient tout juste de lancer une cagnotte en ligne baptisée « Dimanche noir ». La somme recueillie d'ici dimanche prochain sera reversée à toute personne qui permettra de fournir des informations cruciales sur la mort d'Alioth et sur le plus célèbre des disparus : Doudours l'ourson, l'orphelin des Pyrénées. Le nouvel emblème des défenseurs de la nature. »

Offusquée, Marthe tape du plat de la main sur le comptoir. Moi, j'imagine Bulle à la manœuvre, persuadant Bernat de mener une levée de fonds spectaculaire !

Bien qu'absorbée par des images délivrées en direct depuis le rond-point, avec l'ours en peluche géant bien en évidence, je note l'arrivée d'un homme portant une barbe noire qui claque une bise à Peyo et passe derrière le comptoir. Mon corps se raidit.

Daniel. Le compagnon de Marthe. Peut-être Jack.

Vu ses petits yeux et son dos voûté, il n'a pas l'air en forme. Tout en se servant une pression, il peste contre les gendarmes qui n'ont pas voulu le laisser passer, et les journalistes qui relaient de fausses informations au lieu de parler du complot ourdi par les écolos et les Parisiens contre ceux qui font vivre la vallée.

Marthe enfonce le clou en avançant sa théorie, « la vérité » comme dirait Peyo : pour elle, il faut chercher du côté de ceux qui ont volé les images, si elles sont vraies, bien évidemment. Car les coups tordus, ça fait plus de vingt-cinq ans que ça dure, depuis qu'on a lâché les premiers ours slovènes « chez nous ». Et les voleurs, on les connaît tous. Ce sont les « ultra-ours », la branche dure des « pro ». Au motif de laisser les plantigrades en paix, de ne pas les déranger, ils tapent les caméras numériques, les appareils photo, déposés sur les chemins par le réseau Ours brun, pour les revendre au marché noir en Espagne ! Et en plus, ils foutent un bordel monstre tout en faisant de la provocation ! Voilà la vraie vérité, celle que personne ne dit, celle que l'on nous cache sans arrêt.

Mon sang se glace à l'idée que nous avons perdu un temps fou !

Rafael Gotolonia. La femme à l'accent espagnol... Et si les Dalton étaient des « ultras » ? Mais pourquoi avoir tué l'ourse ? Ils ont pris peur ? Voulaient-ils démonter la cage pour que l'ours à problème ne soit pas capturé puis équipé d'un collier GPS ? Et pourquoi avoir kidnappé l'ourson ? Pour le libérer en Cantabrie, en Espagne, où les ours vivent en paix ?

Après avoir bu son verre de bière en trois gorgées, Daniel regarde Peyo, qui discute avec un homme lisant un journal, près des toilettes. Puis il se tourne vers moi :

– Toi, me dit-il, tu dois être la nouvelle copine de Brise-Cœur...

– Mais non, c'est pas Bulle, intervient Marthe. C'est pas la star du *Petit Prince* !

– Moi qui pensais avoir un dessin de mouton dédicacé, blague-t-il.

– C'est Claire, poursuit la patronne en haussant les épaules. J'imagine qu'il l'a trouvée, là-haut, au village. La petite Flora, elle doit te faire une de ces têtes...

– Peyo, c'est le portrait de son père tout craché, il lui faut tout un troupeau qui bêle autour de lui... Pas vrai, ma belle ?

– Dis pas de mal de mon frère, rétorque Marthe, qui lui donne un coup de torchon dans le dos. Tu sais bien que ça porte malheur !

– Et toi, Claire, tu fais quoi au village ? Je n'ai pas souvenir de t'avoir déjà vue. Tu viens d'où ? De Toulouse ? poursuit Daniel.

– Non, je réponds.

– Non, je ne sais pas où c'est, sourit-il.

– Cette blague, souligne Marthe, il la fait tous les jours, surtout en ce moment, avec tous ces journalistes qui viennent de partout. Tu te rends compte, il y a même des Australiens qui ont débarqué !

– Des kangourous pour castagner les ours, dit Daniel en mimant un boxeur. En voilà une bonne idée !

Il prend un autre coup de torchon pendant que, sur le grand écran, un journaliste, depuis le rond-point, affirme que le pire a été évité, les « pro » et les « anti » ayant été séparés par les forces de l'ordre.

Peyo me rejoint enfin, ce qui me rassure, je commençais à trouver le temps long avec toutes les questions de l'autre curieux.

– Tout ça, lance Daniel à la cantonade, ça me rappelle les manifestations à Nantes. Pétard, on n'y allait pas de main morte !

– Nantes ?

C'est sorti de ma bouche sans le vouloir, comme si je reprenais contact avec le pays nantais, voisin de ma presqu'île de Guérande.

– Tu connais ?

– Oh, laisse-la un peu tranquille, dit Marthe. Elle va finir par croire que t'es de la police…

– Pour un voyou qui tenait des bars à Nantes, complète Peyo, ce serait un comble !

Je tressaille, m'accroche au comptoir. Daniel pourrait-il être un ami des trafiquants de civelles que j'ai envoyés en prison il y a deux mois ?

– Ne l'écoute pas, me dit-il, comme s'il lisait dans mes pensées. Depuis que j'ai rencontré Marthe, je suis sage comme une image ! Pas vrai, ma chérie ?

Pour seule réponse, il reprend un coup de torchon, ce qui le fait de nouveau rire. Il ne peut imaginer à quel point je suis justement inquiète de retrouver, ici, dans une vallée perdue, un individu qui pourrait renseigner ses amis nantais. Hormis Bernat, personne ne sait que je suis Klervi, mais à la vitesse où les secrets sont ici éventés, j'ai peur que ma légende « Claire » ne tienne pas longtemps. Marti ne m'a-t-il pas dit qu'il savait qui j'étais ? Je n'en crois rien, mais ça me perturbe.

Je finis mon verre, prends mon casque posé sur le comptoir.

– On y va ? je dis à Peyo.

Il s'approche, son plus beau sourire aux lèvres. J'ai l'impression qu'il va m'embrasser, mais au dernier moment, il me murmure :

– J'ai du nouveau pour Rantanplan.

Avant de remonter sur le quad, à l'abri des oreilles indiscrètes, il me confie que Marthe et Daniel ne sont pas William et Jack : dimanche, ils étaient à un baptême. Il y a plusieurs témoins, dont le client qui lisait le journal. Le couple n'était donc pas en montagne. Peyo affirme aussi que son père n'est pas Averell : Flora lui a dit que Marti était au match de rugby avec le Baron.

Marthe, Daniel, Marti…

Et nous qui pensions qu'ils étaient les Dalton !

La bonne nouvelle, c'est que ça renforce l'idée que la blonde aux yeux noirs est probablement William et que nous devons suivre la piste espagnole.

– Je me suis trompé sur le compte de mon père, avoue soudain Peyo.

Je le sens fébrile et torturé, ça me fait de la peine.

– Mais tu nous as dit que c'est lui qui avait tué Mohican, non ?

– Si on veut sauver Doudours, poursuit-il sans répondre, on doit tout balancer aux gendarmes. Mais toi d'abord ! Ce qui est en train de se passer, c'est du grand n'importe quoi, la vérité…

J'en reste bouche bée. En quatre jours, il est passé du mode « mon père va me tuer, il fait partie des Dalton » à « mon père est un saint, il faut tout balancer » ! J'ai toujours à l'esprit que je ne peux pas me découvrir, déposer un témoignage en signant « Claire » au bas de la page. Impossible !

– On y est presque, je lui confie. Et puis, tu as entendu comme moi…

– Quoi ?

– La prime. Dimanche noir, il y aura un gros pactole à gagner. Tu n'as pas envie de gagner un million d'euros ? Les dons vont arriver du monde entier, il suffirait d'un seul milliardaire…

– Un million ? Pas autant quand même…

– Même si c'est dix fois moins, tu cracherais dessus ? Je te laisse ma part, j'ose.

– Pourquoi tu ferais ça ?

Je sens qu'il vient de mordre à l'appât du gain.

– Parce que j'ai fait le vœu de vivre dans la simplicité, la sobriété, avec le moins de fric possible, au plus près de la nature. Tu ne te rends pas compte de la chance que tu as d'avoir grandi ici…

– Je rêve de partir, confie-t-il. Le plus loin possible. Tu viendrais avec moi ? Allez, Claire…

– Pour que tu me brises le cœur à l'autre bout du monde ? Non merci !

– Je ne suis pas comme ça, il ne faut pas les écouter… Tu as bien vu, c'est moi qui me suis fait larguer par Bulle !

Je ne peux pas le lui avouer, bien sûr, mais mon plan secret, c'est de partir avec Lucas. Lui et personne d'autre.

– Allez Peyo, je poursuis en lui posant la main sur l'épaule. On n'a pas de temps à perdre, faut aller à la scierie et retrouver le drone…

– Si tu pars avec moi, répète-t-il.

– On verra…

C'est sorti tout seul, et je m'en veux déjà !

– Accroche-toi, me lance-t-il d'un air charmeur.

Pour éviter les deux manifestations, Peyo emprunte un chemin à gauche qui monte au pied du village, traverse une prairie en fleurs et redescend par un autre chemin en lacets, récemment ouvert pour couper du bois. Mon pilote se joue des ornières, manœuvre sans faire la moindre erreur de conduite… S'il devait faire la course avec Lucas, qui gagnerait ?

Au bout d'une descente interminable, Peyo stoppe enfin sa machine près d'un gros tas de billes de hêtre. Sur l'autre versant, c'est l'Espagne. En prenant un autre chemin, un peu plus haut, me précise Peyo, nous rejoindrons la piste forestière, puis la clairière. Mais il ne faut pas traîner : la nuit va chasser le jour, et il ne faudrait pas tomber sur les Dalton, eux-mêmes à la recherche de notre drone.

Tout en marchant vers des hangars remplis de bois, je découvre le lieu où le Baron veut créer la méga-scierie de Valdor. Des travaux d'agrandissement ont d'ailleurs commencé. Il n'a pas encore obtenu le feu vert des autorités, mais il fait comme si c'était acquis, une façon d'imposer sa force. Et sa théorie : s'il n'y a pas assez de stock de bois, c'est parce que les scieries familiales ferment les unes après les autres, faute de repreneurs. Robert Couvain, c'est l'homme providentiel !

Une vague de nuages envahit soudain la vallée. C'est presque aussi beau que la marée montante, je sens une pointe de nostalgie percer mon cœur. Mon paysage du bord de mer me manque, je ne pensais pas y être autant attachée… Je chasse ces pensées de mon esprit, je ne dois surtout pas me laisser attendrir, pas maintenant.

La nuit tombe tout à coup. Nous nous arrêtons devant une grande bâtisse. Elle abrite les bûcherons, m'apprend Peyo. Attaché à une chaîne, un chien se met à aboyer si fort que, par réflexe, j'attrape la main de mon pilote et la serre. Je tente de l'enlever mais il m'en empêche, comme s'il désirait que je reste accrochée à lui… A-t-il peur, lui qui semble dans sa vallée comme un poisson dans l'eau ? Ou continue-t-il simplement son numéro de charme ?

Une porte s'ouvre sur un homme en débardeur, aux muscles saillants. Il parle une langue qui m'est incompréhensible, sur un ton interrogatif. Peyo lui répond aussitôt, ce qui semble rassurer l'individu, qui s'approche lentement. Une lampe à la main, il m'oblige à mettre la main devant les yeux pour ne pas être éblouie.

– Je suis le fils de Marti Massax, le garage, là-haut, au village…

– Quoi tu veux ? dit l'homme avec un fort accent.

– J'ai un message pour Rafael, Rafael Gotolonia, précise Peyo.

Je m'accroche à son bras comme à une bouée, ne sachant ce qu'il a prévu pour faire sortir le Dalton du bois. L'homme tourne les talons, crie « Rafa » à plusieurs reprises en direction d'une caravane qu'il éclaire de sa puissante torche.

Je regarde autour de moi et me dis que cette scierie, c'est une planque idéale pour cacher Merak, notre pauvre Doudours. Pas de voisins, difficile d'accès, perdue au fond d'une vallée, et tout près de la frontière. À l'idée que nous sommes si près du but, je reçois une décharge d'adrénaline.

Rafael sort enfin de la caravane, une cape de pluie sur les épaules. Cache-t-il une blessure ? Peyo me presse la main, comme s'il avait pensé la même chose que moi. Mais comment s'en assurer ? Et que va lui raconter Peyo ?

– *Soy* Peyo. Je viens de la part de mon père, Marti, Marti Massax…

– Connais pas, rétorque le nouveau venu, la mine sévère.

– C'est un ami du Baron, il est associé avec lui dans Valdor. Il tient le garage, au village…

Les deux hommes échangent un long regard.

– Il dit quoi, *tu padre* ?

Padre. Père en espagnol. Ça, je l'ai appris lorsque nous sommes allés, en famille, à Cadaqués. *Madre. Padre. Hijo. Hija.* J'efface aussitôt ma famille de ma mémoire, ce n'est pas le moment de penser à eux.

– Il veut vous vendre du bois, *clandestino, de la mano a la mano.*

De la main à la main. Je ne sais pas pourquoi, mais l'expression me donne une idée. Pendant que Rafa et Peyo continuent à parler en espagnol, je lâche la main du second et me rapproche lentement du premier. Je mets ma main sur mon front, fais semblant de ne pas me sentir bien et tombe littéralement dans les bras du bûcheron. Au moment où il me récupère, de sa seule main droite, j'en profite pour attraper sa cape et la tirer vers moi, comme je l'aurais fait d'un rideau. Peyo vole à mon secours, tout en disant à Rafa :

– Laissez, je m'en occupe, c'est juste un petit malaise. *Está bien*.

Je fais semblant de reprendre mes esprits, remercie l'homme d'un pâle sourire, au moment où il remet sa cape sur le bandage qui immobilise son épaule gauche. Peyo me redonne la main, et me la serre une nouvelle fois tout en me lançant un message du regard : « Top ! On a démasqué Joe le Dalton. *Gracias* Claire ! »

CHAPITRE 17

CONTREBANDE

Peyo gare le quad sur le parking du camping et coupe le moteur.

– Voilà, soupire-t-il, comme s'il était déjà nostalgique de notre chevauchée.

– Merci, je lui réponds tout en lui rendant le casque. Tu es doué pour improviser, tu devrais faire du théâtre…

– J'en ai fait, au collège. C'est vrai que j'étais à l'aise aujourd'hui…

– Je pense qu'on tient notre Joe, je lui dis enfin. Tu crois que la scierie est le repaire des Dalton ?

Il lève une main, je la lui frappe, signe que nous sommes, enfin, sur la bonne voie. Ses yeux pétillent de malice, à défaut d'étoiles qui devraient m'éblouir. À moins que je me fasse des idées…

– Mais pourquoi des bûcherons s'en prendraient aux ours ? je lui demande.

– Aucune idée, répond-il tout en remontant sur son engin. Franchement, plus j'y réfléchis, moins j'y comprends quelque chose. Tuer un ours, et de cette façon…

– Pour créer une fausse piste ? je suggère. Les Tchétchènes, ils ont bon dos : trafiquants d'ail des ours, terroristes…

– Et pourquoi kidnapper un ourson ?

– Peut-être pour le relâcher en Espagne ? Si ce sont des ultras, comme l'affirme ta tante, ce serait assez logique.

– Marthe tape toujours sur les ultras, ça la défoule…

– Tu en ferais quoi, toi ?

– Je l'apprivoiserais et je partirais avec lui aux États-Unis, comme l'a fait l'un de mes arrière-grands-pères. Tu sais qu'il a fait fortune, là-bas ? Peyo Massax, dit-il les yeux pleins d'étoiles, montreur d'ours à Hollywood !

Il déploie ses bras, comme s'il dessinait son nom en lettres dorées sur une affiche.

– Super, ton programme, je me moque. Tu te souviens que l'ours est une espèce protégée ? Que tu n'as même pas le droit de le garder chez toi ? C'est ballot, hein…

– Nan, je déconne ! Dis, je peux rester un peu, avec toi, dans ton *sweet home* ?

– Non, pas ce soir.

– Alors si c'est pas ce soir, y a de l'espoir ?

Je lui fais une bise et tourne les talons aussitôt, le rouge aux joues.

– Claire ?

Je tourne juste la tête.

– Samedi, on monte les brebis en estive, près de la cabane du berger qu'on a vue dimanche matin. La tradition, c'est de les accompagner et de faire la fête, ça leur porte bonheur. Tu viendras ?

– Ne te fais pas trop d'idées, je lui rappelle.

– OK, pas de souci. Je monterai avec Flora, c'est elle qui va garder les brebis.

Le quad démarre et quitte discrètement le parking. Je suis certaine que Peyo m'a parlé de Flora pour me rendre jalouse. Que m'arrive-t-il ? M'a-t-il ensorcelée ? Ou ai-je un tel besoin d'être dans des bras protecteurs, ne serait-ce que pour parler du sac de nœuds qui me pend au cou, trop lourd à porter pour la « Claire » que je ne suis pas ? Pourquoi suis-je si seule et destinée à le rester ?

En passant devant le bungalow de Marceau, une impulsion me rattrape, irrépressible : tout lui raconter, vider mon sac, retrouver ma maison au bord de la mer, et Lucas pour me faire pardonner. Le sortir de prison, ou l'aider à s'évader.

La porte s'ouvre sur la femme aux cheveux courts, ce qui me laisse juste le temps de me cacher derrière une palissade. Marceau la rejoint sur la terrasse, se rapproche d'elle et l'embrasse brièvement. Sur la joue ? Les lèvres ? Impossible de le savoir. Une pointe de jalousie me pique le cœur…

Dans l'obscurité, la femme descend quatre marches, traverse la route et entre dans le camping-car. C'est donc le sien ! Pas de doute : c'est la petite amie de Marceau…

À pas de loup, je rejoins mon *sweet home*, comme l'a surnommé Peyo. Ne voyant pas de lumière chez Bulle, j'écris sur un bout de papier : « On a trouvé Joe, c'est un bûcheron espagnol ! On en reparle demain matin, au petit déj'. »

Je rejoins la terrasse de Bulle, trouve le tube dans la boîte aux lettres morte et y glisse mon message. Je le remets en place et sursaute lorsqu'une voix caverneuse me dit : « Bouge pas, t'es morte ! », une exclamation suivie d'un éclat de rire que je reconnais tout de suite.

– Bulle ! Tu m'as fait une de ces peurs !

Elle tombe dans mes bras, comme si nous ne nous étions pas vues depuis des années.

– Alors, tu me racontes ?

Je baisse les yeux, comme prise en flag.

– Non ! T'es sortie avec Peyo ?

J'élude et lui fais un rapide résumé de l'après-midi, lui précisant que nous n'avons pas eu le temps d'aller chercher le drone et que l'on parle du « dimanche noir » partout dans les médias. Ça, elle le sait déjà, évidemment. Sa vidéo compte bientôt dix millions de vues. Sans parler de la cagnotte en ligne, qui se remplit chaque seconde de centaines d'euros. Un triomphe. La plus belle des revanches contre la barbarie.

Pendant que Bulle ouvre la porte de son ostalet et allume une bougie, je repense soudain à Lucas. Au terrible manque qui coule dans mes veines. Et à l'idée qui vient de me retourner le cerveau : comment faire évader Lucas ? Et si j'utilisais mes cent mille euros, mon trésor de guerre ?

– Demain, annonce Bulle, on doit être à l'école à neuf heures. Lucie organise un atelier d'écriture pour les enfants, et elle compte sur nous pour l'animer.

– OK, je réponds. Dis, je peux te demander un service ?

– Si c'est pour me rendre Peyo, me charrie-t-elle, tu peux oublier, ma biche. Pour le reste, tout ce que tu veux.

Je cours jusqu'à mon bungalow, reviens en vitesse avec mon ordinateur portable et la carte mémoire de Bertin.

Bulle s'est installée sur le canapé, un livre à la main.

– Tu me partages ta connexion ?

– Mais pourquoi tu n'as pas de forfait ?

– Ce serait trop long à t'expliquer…

– Claire et ses mystères… OK, vas-y, surfe.

En quelques secondes, je me retrouve propulsée sur Instagram. En utilisant le compte de l'association, je retrouve celui de Nolween, mon amie de Pénestin, et remonte le fil de ses dernières photos. Il me faut moins d'une minute pour découvrir une image qui m'intrigue et me file des frissons : sur le mur de la prison de Rennes, quatre lettres ont été taguées. FLOU. Pour Front de libération de l'océan et de l'uchronie. Parmi ceux qui ont aimé ce tag noir, je retrouve Clovis. Le pilote du quad qui a provoqué la mort de mon cheval Torka, sur la plage du Palandrin, tout près de chez moi.

Son profil est professionnel : boutique de tatouage à Paris. Mais en épluchant ses clichés, le cœur battant, je découvre un selfie de Clovis devant un mur. Deux doigts en forme de victoire. Je lis le commentaire trois fois de suite, médusée : « À mon pote Lucas, bientôt libéré de la Santé, bientôt dans mes bras pour la life ! »

Lucas libre ? Deux mois seulement après son incarcération ? Génial, même pas besoin de le faire évader ! « La vérité », comme le dit Peyo : la vraie vie m'attend devant la porte de la prison parisienne. Je la vois s'ouvrir, je cours vers Lucas, on s'embrasse comme jamais… L'émotion est trop forte, impossible de retenir mes larmes. Je ne peux m'empêcher de renifler, ce qui n'échappe pas à Bulle.

– Ça va pas, Claire ? *Bad news* ?

– Au contraire, je bafouille, c'est la meilleure nouvelle de la journée !

Elle pose les mains sur mes épaules au moment où j'insère la carte mémoire dans un adaptateur. Elle me masse le cou, puis le haut de la colonne vertébrale, j'en gémis intérieurement de plaisir. Ses mains descendent lentement vers mes seins, ce qui m'alerte : et si elle aimait aussi les filles ?

Je la laisse faire, jusqu'à ressentir ma poitrine gonfler. Depuis combien de temps n'ai-je pas ressenti cette chaleur monter en moi ? Soudain embarrassée, je coupe Bulle dans son élan en lui demandant de s'asseoir près de moi pour regarder les photos prises par l'appareil de Bertin, là-haut, sur le chemin des animaux. Nous sommes troublées toutes les deux, mais je dois absolument reprendre mes esprits.

Nous nous concentrons sur les images qui passent sur l'écran.

De nuit comme de jour, c'est toujours le même défilé : sangliers, biches, renards ou cerfs, et même de gros chiens qui voyagent par deux ou trois. Bulle opte pour des loups, mais je lui rappelle qu'ils circulent soit en meute, soit tout seuls. De gros chiens donc, suivis, deux jours plus tard, par un chat imposant… Un lynx ? J'imprimerai en douce la photo au local et demanderai à Bernat de vérifier : si c'est le cas, ce serait la première fois que l'on aurait photographié un gros chat dans les Pyrénées !

Nous ne voyons toujours pas d'ours, mais apercevons soudain une colonne de randonneurs. Portant tous un gros sac sur le dos, un autre sur le ventre. Je reviens en arrière, compte vingt-huit individus.

– Que des hommes, et la plupart sont noirs de peau… Bizarre, non ?

Je reviens en arrière et refais défiler les clichés.

– Regarde, le premier ne porte qu'un petit sac à dos et une cagoule.

Je vérifie la date et poursuis :

– C'était il y a un mois. Il y avait encore pas mal de neige…

– Et c'était la pleine lune, ajoute Bulle. Les frontales ne sont pas allumées. Tu crois que c'est un guide ?

– Pas à la tête de randonneurs, en tout cas. Pas de cordes, de piolets ou de duvets, et la plupart portent des bottes de pluie…

– Et ils transporteraient quoi, d'après toi ?

J'ouvre la fenêtre du moteur de recherche. Au bout d'une minute, la réponse est écrite en toutes lettres : drogues, cigarettes, alcool. Des passeurs se font régulièrement choper par les douaniers. Certains sont en situation irrégulière. Des migrants. C'est hyper bien organisé. Les mafieux gagnent sur tous les tableaux.

– C'est quoi le rapport avec nos Dalton ? me demande Bulle.

– L'Espagne. Je crois qu'on tient la bonne piste… Marthe a dit que les « ultra-ours » revendaient le matériel du réseau Ours brun de l'autre côté de la frontière.

J'ouvre de nouveaux fichiers.

– Regarde !

Je pointe du doigt un ours, photographié de nuit.

– On dirait Doudours, non ?

Impossible à dire, mais une conclusion me saute aux yeux.

– Les passeurs empruntent le même chemin que les ours…

– Raison pour laquelle, poursuit Bulle, ils sont photographiés…

– Donc repérés par l'OFB et les gendarmes.

Nous réfléchissons en silence.

– Je crois que j'ai une idée : si les ours sont éliminés, rayés de la carte des Pyrénées…, je commence.

– Le trafic pourra continuer, incognito. Ce qui veut dire que…

– Les Dalton sont soit des ultras, soit des contrebandiers…

– Ou les deux à la fois ! s'exclame Bulle.

– Si c'est le cas, faut vraiment que l'on trouve le drone, sinon, on est morts !

CHAPITRE 18

DANS LE COALTAR

La voix métallique de Marceau me réveille.

– Claire, debout, c'est l'heure. Le petit déjeuner est prêt. Tu me reçois ?

Je prends le talkie-walkie, manque de le faire tomber.

– Un sur cinq, je dis en bâillant.

– Viens donc, j'ai de quoi recharger tes batteries.

Je suis sonnée, « dans le coaltar » comme dit mon père. On est jeudi. J'ai l'impression d'avoir vécu deux vies depuis notre virée en altitude, ce qui n'est pas tout à fait faux : Claire et Klervi sont loin d'être une seule personne…

Douche. Eau chaude. Jet froid. Contraction des vaisseaux. Irrigation des organes vitaux. Serviette. Index sur les cernes. Fond de l'œil. Blanc. Dos rond, creux. Vingt pompes. Crunch mains-chevilles. Claques sur les joues.

J'enfile mon pull, l'écusson de Nature & Pyrénées sauvages collé sur l'épaule gauche. Je n'ai pas oublié le message de Lucie : neuf heures à l'école.

Je traverse la terrasse sous une pluie fine, jette un œil en contrebas : le camping-car a disparu. Si je veux savoir qui est la mystérieuse amie de Marceau, je vais devoir la jouer fine…

Ce dernier ayant laissé sa porte ouverte, une odeur d'omelette vient me chatouiller le bout du nez. Il commence à connaître mes petites habitudes, histoire de me mettre de bonne humeur.

– Allez, un sur cinq, à table !

Je me laisse tomber sur la chaise. Marceau virevolte entre la table et le frigidaire, tout en sifflotant. Qu'est-ce qui le rend aussi gai, lui qui, habituellement, est plutôt froid et distant ? Sa petite amie ?

– Alors, me dit-il en posant l'omelette aux champignons sur la table, quelles sont les nouvelles ?

Si je pouvais, je lui raconterais tout depuis le début, en terminant par la piste que j'ai découverte entre la France et l'Espagne, ce que l'on appelle ici le chemin de la liberté. Celui par lequel les républicains espagnols ont fui l'armée de Franco, celui par lequel les Juifs ont échappé aux nazis.

Mais je ne peux pas, j'ai donné ma parole à Peyo.

– Je veux rentrer chez moi, revoir Jez, mes amis…

Prise de nostalgie, mon cœur se serre dans ma poitrine.

– J'ai eu ton père au téléphone…

– Ah…

– Il s'inquiétait un peu de ce qui se passe, ici, mais je l'ai rassuré en lui disant que tu étais en dehors de tout ça. Et que tu t'éclates dans ton nouveau job. J'ai bien fait, non ?

Je suis à deux doigts de tout lui dire, je ne supporte plus de mentir, de me cacher, d'être deux dans un corps qui ne me ressemble pas et me renvoie toujours à…

– Et Jez ?

– Il est toujours au centre de rééducation.

– Il a retrouvé la parole ?

– Ton père n'est pas trop bavard à ce sujet. Il m'a juste dit que Jez allait de mieux en mieux.

Il me ment. Quand je suis partie, fin février, Jez était incapable de parler, de marcher et de manger seul. Mon frère est un légume. Je ne suis pas près de lui, alors qu'il a tant besoin de moi… Marceau me ment, je lui mens, le monde qui m'entoure est un puits sans fond de mensonges. Combien de temps cela va-t-il durer ?

– Et la juge ?

Marceau beurre une tartine, réfléchit.

– Toujours pas de nouvelles de la commission, mais je te l'ai dit, ça peut prendre deux, quatre, six mois. Accorder le statut de repenti, c'est apparemment une décision difficile à prendre, mais j'ai bon espoir. Ton dossier est béton, et en acceptant d'être volontaire dans une association de protection de l'environnement, tu as coché une super-case.

– Et Lucas, il est toujours…

– Sous les verrous, oui. Et il n'est pas près d'en sortir.

Le commentaire de Clovis me revient à l'esprit. Lucas bientôt libéré de la prison de la Santé… Ce serait faux ? Marceau est mieux placé que lui pour le savoir. À moins que Clovis ait la même idée que moi, faire évader Lucas !

Je coupe mon omelette en lamelles, comme si je dessinais les barreaux d'une porte de prison. Du bout du couteau, j'en écarte deux, imagine mon Lucas sortir de sa cage et se jeter sur moi comme Doudours sur une ruche.

– Claire ?

Marceau me rappelle à la dure réalité, à un objectif inavouable qui est, j'en suis maintenant persuadée, d'organiser l'évasion de

Lucas. Mais avant, je dois organiser celle de Doudours, si l'ourson est toujours en vie et prisonnier des Dalton…

– Et toi ? Je lui demande. Ton enquête sur la mort de Mohican, elle avance ?

– Tu sais bien que je ne peux pas t'en parler, sourit Marceau.

– Tu es aussi sur l'affaire du dimanche noir ?

– T'es bien curieuse, ce matin…

Tout en mangeant un « barreau » de mon omelette, j'ai une idée.

– Avant-hier, je suis partie en montagne avec Bertin…

– Où ça ? demande Marceau en fronçant les sourcils.

– Voir la danse nuptiale des coqs de bruyère. C'était incroyable. Mais avant, on a vu un truc qui pourrait t'intéresser…

– Je t'écoute, Klervi.

Il m'appelle par mon premier prénom lorsque je lui rappelle l'espionne de sa cellule spéciale, comme un code entre nous deux. Et moi, j'ai l'impression de revivre.

– Bertin m'a montré des ramasseurs d'ail des ours…

Il me fixe longuement, l'air de réfléchir à ce que je viens de lui révéler.

– Bertin ne m'a rien dit, c'est bizarre… Des Tchétchènes, je suppose ? Tout le monde en parle.

J'opine.

– C'est sérieux, cette piste terroriste ? je demande.

– On n'écarte aucune piste.

– Et le kidnapping de l'ourson, tu penses que c'est sérieux, aussi ?

– Habituellement, c'est moi qui pose les questions…

Il sourit. Pas moi.

Pendant que je me sers un verre de jus de pomme, il se lâche un peu, comme s'il voulait me faire réagir. Avoir mon avis ou me soutirer des informations. Selon ce qu'il peut me dire, l'enquête piétine, comme si la vidéo postée anonymement, depuis Londres précise-t-il, brouillait les pistes. La mort d'Alioth ne fait aucun doute, mais l'enlèvement de son petit, Merak, reste un gros point d'interrogation. Tout comme la dénonciation des Belles Demoiselles. Sans trahir le secret de l'enquête, Marceau m'explique que les anti-ours jurent qu'ils n'y sont pour rien et qu'ils ont tous un alibi, la plupart ayant été invités à un baptême dimanche matin ou ayant assisté à un match de rugby.

Ça colle avec les infos de Peyo, ce qui me rassure un peu.

– Et toi, tu n'as rien vu, là-haut ? insiste-t-il.

– Hormis des vautours, des isards et un ours qui courait après un cerf, samedi après-midi, non, rien. Rien qui pourrait t'aider.

– T'es sûre, Klervi ?

– Je l'ai dit à la gendarme qui est venue nous voir au local…

Il reste impassible.

– Tu sais, dans ce genre d'affaires, le temps joue contre nous, et ce n'est pas la cagnotte que va récolter Bernat qui va délier les langues. Ici, c'est plutôt crever que se mettre à table, même avec une grosse prime dans l'assiette. Alors, si jamais tu apprends quoi que ce soit…

Je soutiens son regard, sans faillir, mais je ne sais pas à quel point il est capable de percevoir si je lui cache un truc ou pas.

La pluie se met soudain à frapper le toit du bungalow. Il sera neuf heures dans cinq minutes, je demande à Marceau de me déposer devant l'école.

Dans la voiture, je lui parle de Daniel, le patron du *Bar des amis*, tout en lui racontant que c'est Peyo qui m'y a invitée. Je le relance à plusieurs reprises, mais il lâche à chaque fois un « hum », comme s'il ne voulait pas engager la discussion. Je n'insiste pas, n'évoque surtout pas le côté obscur du Nantais, mais je retiens une chose : parler de Daniel met Marceau mal à l'aise…

Il me dépose devant l'école. Avec toutes ces histoires, je suis en retard. En entrant dans la classe, je vais m'asseoir au fond, sans interrompre Lucie qui, au tableau, a écrit le titre de son atelier d'écriture en lettres capitales :

« LA MALÉDICTION DE L'OURS »

Bulle est assise au premier rang, près de Zelda, qui encourage Lucie du regard. Elle m'a juste adressé un clin d'œil et offre son plus beau sourire aux enfants, qui ne cessent de la regarder.

J'ai loupé la présentation, mais c'est écrit au tableau : l'ours est maudit par les hommes et les religions, tué pour le profit. Mais il est fort, éternel et généreux. N'ayant jamais participé à un atelier d'écriture, j'écoute avec attention la proposition de Lucie. Son idée, c'est de changer le regard sur l'ours, de le remettre dans la forêt, vivant et respecté. De maudit, il doit finir adulé. De traqué, ou capturé, il doit pouvoir retrouver sa vie sauvage et errer en toute liberté.

Un ours en peluche attaché sur le dos, Lucie commence par composer quatre groupes, chacun des adultes présents étant convié à aider les enfants. Elle précise que nous travaillerons ensemble dès la semaine prochaine, que l'atelier aura lieu tous les jeudi matin, et elle donne la consigne : écrire l'histoire d'un ourson, agile et malin, qui, après avoir été capturé par des hommes très méchants, doit trouver une solution pour sortir de sa cage et retrouver la forêt. Un objectif très difficile à atteindre mais il va y parvenir en faisant appel à son imagination, à son intelligence, à sa force, à son courage.

Tout est possible, même l'aide d'extraterrestres transformés en loups-garous, comme le propose une petite fille aux cheveux bouclés.

Tout est possible, je me dis, en me rappelant la scène déchirante du dimanche noir.

Le parallèle avec Doudours me saute aux yeux, mais je ne suis pas étonnée de la proposition de notre tutrice : les enfants en entendent parler chez eux et sont sans aucun doute tourmentés par la mort d'Alioth, la supposée disparition de Merak, la rumeur terroriste des « longs-couteaux », les dures manifestations se déroulant dans la vallée et partout ailleurs autour d'un mot-clé : #freedomfordoudours. En écrivant un conte, ils pourront exprimer l'agressivité, la peur, la jalousie, la lâcheté ou l'obsession de la mort.

Au tableau, Lucie énumère les différentes étapes.

D'abord, décrire l'ourson : son âge, pas plus de cinq ans, précise-t-elle, son portrait physique. Est-il gros ? Maigre ? Quelle est la couleur de ses yeux, de sa robe ? La taille de ses oreilles, de ses griffes ? N'hésitez pas à imaginer !

Ensuite, dresser son portrait psychologique : son caractère – joueur, malicieux, timide, ambitieux, arrogant, bourru…–, son humeur – fatigué, excité, motivé, nostalgique, cool, inquiet… Sans oublier d'évoquer le lieu et l'époque où il vit.

Enfin, inventer deux personnages très importants : d'une part le méchant, de l'autre l'allié, celui qui pourra aider le héros grâce à ses qualités, au nom de leur amitié. *Le Petit Prince* ? Oui, pourquoi pas ? Lui, le renard, la rose ou même l'aviateur.

Une fois les personnages définis, il faudra écrire une histoire en trois actes : le début, le développement et la fin. La morale de l'histoire, celle que le lecteur retiendra. Une fin heureuse et pleine de promesses.

– On peut l'appeler Merak ?

C'est Joseph qui a posé la question. J'imagine sans peine qu'il connaît par cœur l'histoire de l'ourson, et qu'il est déjà persuadé que Merak est dans les mains de vilains ravisseurs déguisés en Belles Demoiselles.

– Pour l'instant, répond Lucie, inventez-lui plutôt un autre prénom, osez, imaginez, et si vous ne trouvez pas, levez les yeux au ciel. Comme on l'a fait pour Alioth ou Merak, vous pouvez donner à votre héros le nom d'une étoile de la Petite ou de la Grande Ourse. Vous pouvez chercher dans le dictionnaire. D'accord ?

La sonnerie retentissante fait se lever les enfants comme un seul homme.

Je m'approche de Lucie et de Bulle.

– Lucie, tu as les résultats de l'analyse ADN des éléments que je t'ai donnés ?

– Non, pas même celui du résultat sanguin. Et je ne sais pas si mes potes de l'OFB ont eu le temps de les envoyer au laboratoire. Ah, au fait, les filles, poursuit-elle en effaçant « la malédiction de l'ours » du tableau, vous connaissez la nouvelle ?

– Non… on répond en chœur.

– Peyo est chez les gendarmes, ils sont allés le chercher ce matin, à l'aube. Il paraît qu'il y avait des flics en tenue de combat, avec des chiens, des snipers dans les arbres, sur le toit de la grange, comme s'ils allaient arrêter un terroriste…

J'ai l'impression que le sol se dérobe sous mes pieds. Ça va trop vite dans ma tête. Peyo. La scierie. Le bûcheron. *Le Bar des amis.* L'hôpital. Les manifestations. Marti. Flora. Bulle… J'ai beau me repasser le film de la veille, je ne vois aucun flic derrière nous. Et ce matin, Marceau ne m'a rien dit de particulier, aucun message subliminal. Peyo se serait-il servi de moi pour transporter un truc dans son quad ? Ah non, ça ne va pas recommencer !

– Il a fait quoi ? je demande, impatiente.

– J'ai croisé Bertin ce matin, confesse Lucie. Il était superexcité, comme jamais, et m'a tout déballé, comme ça, sans que je ne lui demande rien. Hier, Bertin est allé faire le tour de la clairière. Dans un ravin tout proche, il a trouvé un sac à dos, deux paires de jumelles et un couteau appartenant à Peyo !

– Mais Peyo n'est pas un tueur… lâche Bulle

– Ça, c'est toi qui le dis ! Il a toujours affirmé que s'il pouvait tuer un ours, il ne se gênerait pas. J'espère que les gendarmes vont lui faire la misère, à ce connard, et qu'il va tout avouer.

Lucie a la rage, ça transpire sur son front, ride le coin de ses yeux.

La seconde sonnerie retentit déjà, la récréation est terminée.

Lucie se dirige vers la porte pour aller chercher les enfants. Nous n'en saurons pas plus pour le moment, mais une chose est sûre : Peyo n'a pas d'autre choix que de balancer notre légende et de s'y tenir. Et si c'est le cas, c'est Bulle et moi qui allons être entendues bientôt…

Dans le couloir, je fais un signe à Bulle : nous devons reparler de notre légende, la blinder à bloc. Elle en reste muette, n'arrête pas de vérifier son portable qui lui balance une série de notifications, et fronce les sourcils en regardant l'écran.

– Bernat nous demande de venir au local, il dit que c'est urgent… Tu crois que les gendarmes nous y attendent ?

Je hausse les épaules, aucune idée. Comme l'a dit Lucie tout à l'heure, tout est possible.

Nous marchons rapidement sous une pluie fine vers le centre du village tout en reprenant le déroulé de notre légende. Au volant de sa Lada, Bertin nous fait un appel de phares, puis file à toute vitesse.

Une fois sur la place, je scrute les alentours. Pas de voitures banalisées, de snipers sur les toits ou sur le chêne, ni de véhicules blindés. Tout est « clair », comme dirait Lucas lorsqu'il n'y a aucun danger.

Je prends la main de Bulle, que j'entraîne vers le local en lui assurant que tout va bien se passer : nous n'avons pas caché le fait que nous étions en montagne, et rien ne prouve que nous ayons été les témoins du dimanche noir.

Avant de pousser la porte, Bulle reprend son souffle et me serre soudain le bras :

– Le drone, murmure-t-elle. Si les gendarmes l'ont retrouvé, qu'ils nous bloquent, on dit quoi ?

– On dira qu'on nous l'a volé, pendant qu'on dormait dans la cabane de la mine.

– OK, dit Bulle.

Au moment où je pousse la porte, elle s'ouvre sur la grande silhouette de Bernat.

– Ah, vous êtes là, ce n'est pas trop tôt !

– C'est quoi le problème ? bafouille Bulle.

Le directeur regarde autour de lui, s'assurant qu'il n'y a personne.

– C'est une histoire de fous, confie-t-il. Vous n'avez pas croisé Bertin ?

– Si, dit Bulle, sur la route.

Je repense tout de suite à Peyo, à son sac à dos, à notre légende que nous allons devoir raconter aux gendarmes. Vont-ils aussi me croire lorsque je vais leur avouer que je ne suis pas Claire mais Klervi ? Pourvu que Marceau ait pris les devants et expliqué à ses collègues ce que je fais ici !

– Bertin m'a montré une vidéo qui vient tout juste d'être postée sur YouTube…

– Par qui ? je demande, surprise.

– Les Demoiselles, dit Bernat en sortant son téléphone de sa poche. Regardez…

Même décor nocturne que la première vidéo. Armes, cagoules. Même accent pyrénéen et probablement le même homme qui dit : « Ce matin, des résistants de la première heure, fiers de leur combat pour bouter l'ours hors des Pyrénées, ont répondu, du berger à la bergère, à plus d'un quart de siècle de trahisons. À l'aube, nos braves résistants étaient aux portes de Paris, chez tous ces écolos qui nous disent ce que l'on doit faire, penser, manger et même baiser. Eh bien, braves gens, défenseurs de la nature, chantez et dansez maintenant : à l'aube, Merak, l'orphelin des Pyrénées, a été relâché dans le bois de Vincennes. Vous vouliez un ours ? Eh bien, vous l'avez, et rappelez-vous qu'ici, les Pyrrrrénées, c'est la terrrrrrre des liberrrrrrtés. »

Une salve de coups de fusil me sort de ma torpeur.

Merak relâché aux portes de Paris ?

Bulle éclate de rire. Un rire nerveux et tellement communicatif que je fais de même, comme si ce que je venais de voir, et surtout d'entendre, était la pire des blagues de l'année.

Bernat lève la main et siffle la fin de la récréation.

– Vous vous rendez compte ? Ces gens sont fous !

Je croise le regard de Bulle, y lis ce que je pense tout bas : nous nous sommes trompées sur le compte des Dalton. La piste espagnole vient d'exploser en vol : l'épaule de Rafa le bûcheron n'a pas été griffée par Alioth. Mais alors, qui sont les membres du commando ?

Un éclair me traverse l'esprit : c'est une occasion inespérée de rejoindre Paris, de mettre en action mon plan secret.

J'attrape Bernat par le bras, ce que je n'avais encore jamais fait.

– Tu dois aller à Vincennes, le plus vite possible…

– Pourquoi ?

– Tu es l'un des meilleurs pisteurs d'ours, tu dois proposer ton aide… Tu es le seul qui puisse récupérer Merak sain et sauf !

– Et on vient avec toi, poursuit Bulle. Si tu veux, j'utiliserai mon million d'abonnés pour faire passer des messages…

– Pour expliquer, je poursuis, de ne surtout pas chercher Merak, au risque de l'effrayer ou de provoquer un accident qui pourrait être fatal.

– Les chasseurs en feront leur affaire avant, dit-il, j'en ai bien peur… Mais tu as raison, Claire, j'appelle tout de suite le président…

– Le président de la République ?

– Oui, ses grands-parents sont de la vallée voisine, je l'ai connu un hiver, lors d'un stage de ski. Il parlait déjà comme un livre. Il m'appelle régulièrement pour se tenir informé du « dossier ours », comme il dit. D'ailleurs, c'est lui qui m'a soufflé le « dimanche noir des ours bruns »…

Pendant que Bernat compose un numéro et s'éloigne pour ne pas être entendu, je m'approche de Bulle.

– Tu imagines le bordel que ça va être ?

Elle pianote sur son portable, retrouve la vidéo postée sur YouTube. Déjà deux mille vues. Nous la revoyons deux fois, histoire d'être certaines que nous n'avons pas rêvé. Un ours aux portes de Paris !

Bernat revient avec un sourire en coin.

– Un hélicoptère vient me récupérer dans une heure, près de l'hôpital. Le Président veut me voir de toute urgence, assure-t-il, un peu de fierté retrouvée dans la voix. Il ne veut surtout pas de publicité. Claire, ça te dirait de partir avec moi ?

Je me retiens d'exploser de joie avant que Bulle me serre fort dans ses bras.

CHAPITRE 19

INTOUCHABLE

Mon sac à dos est prêt. Je ne sais pas pour combien de temps je pars, mais ce n'est pas grave, j'imagine que nous aurons tout ce qu'il nous faut sur place. Je déplie la carte de l'Île-de-France que je viens de me procurer. Le bois de Vincennes est à l'est de la capitale. La prison de la Santé, je le sais pour l'avoir cherchée sur Internet, se situe au cœur de Paris, pas très loin de la gare Montparnasse. J'espère juste avoir un peu de temps à moi pour errer aux alentours, et, qui sait, peut-être apercevoir Lucas derrière les barreaux.

Je récupère mon *wallet* à cent mille euros, replace la petite clé USB derrière l'œil de Doudours et pose la peluche sur mon sac à dos. Je fais le tour du bungalow, ouvre les placards, les referme, regarde sous le lit, comme si c'était la dernière fois. Je n'ai rien oublié.

Toc, toc.

Je prends le sac d'une main, Doudours de l'autre, crie un « j'arrive ! » qui, comme par magie, fait entrer un rayon de soleil.

– Marceau ?

Il referme la porte derrière lui, un ordinateur sous le bras. Je m'attendais à tout sauf à voir mon ange gardien.

– Tu t'en vas ? me demande-t-il. Tu repars en montagne ?

Le faux photographe pose son portable sur la table et s'assoit sur la chaise. Je reste debout, derrière lui.

– J'ai besoin de ton avis, m'annonce-t-il enfin. Tu as bien deux minutes ?

– Heu, oui, bien sûr…

Pendant qu'il ouvre un dossier et qu'une liste de fichiers apparaît sur l'écran, je guette discrètement l'arrivée, imminente, de la voiture de Bernat. J'ai un petit pincement au cœur à l'idée de laisser Marceau, après tout ce qu'il a fait pour moi, mais je me dis que je dois saisir ma chance. Je lui expliquerai plus tard, au téléphone, je suis certaine qu'il comprendra. Dans le meilleur des mondes, j'ai imaginé que je retrouvais Merak dans le bois de Vincennes, faussais compagnie à Bernat pour rejoindre la prison de la Santé et réussissais à faire évader Lucas. Qui ne tente rien n'a rien !

Marceau me ramène les pieds sur terre.

– Regarde ce que j'ai trouvé…

Il lance une vidéo. La caméra survole la forêt pendant une vingtaine de secondes, avant de s'attarder au-dessus d'une piste forestière, puis d'un passage canadien. Il me semble reconnaître le passage que j'ai emprunté mardi, avec Bertin, mais comme ils se ressemblent tous… Je sursaute soudain en entendant un coup de feu. J'aperçois plusieurs individus autour d'un 4×4 garé près de la piste. Sur le plateau du véhicule, un homme tire sur le drone, lequel…

Je vacille, me retiens au dossier de la chaise.

Marceau met sur pause, se lève et me regarde droit dans les yeux.

– Si ça peut te rassurer, Klervi, je suis le seul à avoir vu le contenu de la carte mémoire de ton drone…

Il a insisté sur le « ton », comme pour préciser que ce n'est pas la peine que je m'entête à lui mentir. Je ne sais pas où me mettre, j'ai le feu aux joues. Je suis partagée entre la honte de ne lui avoir rien dit et la fierté d'avoir tenu ma parole.

– C'est bien tes images, on est d'accord ?

J'opine, de plus en plus paralysée à l'idée que je vais me retrouver une nouvelle fois en garde à vue, c'est certain. D'un, pour ne pas avoir alerté la gendarmerie lorsque le drone est tombé, et, de deux, pour ne pas avoir témoigné… Témoigner. Mais je ne peux pas !

– Je peux t'expliquer…

Il me fixe pendant de longues secondes, je redoute le pire. Va-t-il me gifler comme il le ferait à une gamine prise en flagrant délit de mensonge ? Me faire la morale ? Ses collègues sont-ils dehors, prêts à m'emmener à la gendarmerie pour prendre ma déposition ? Vais-je être confrontée à Peyo, qui est peut-être encore en garde à vue ? À Bulle ?

– J'ai plusieurs raisons d'être en colère, Klervi. À commencer par ton départ pour Paris dans mon dos, par exemple, mais comme je suis engagé dans une véritable course contre la montre, je compte sur toi pour me faire gagner du temps. Beaucoup de temps.

– Mais pour Paris, comment tu…

– Tu as déjà oublié pourquoi je suis là ?

– Mohican, je murmure.

– Mais surtout pour protéger Klervi Marzan, une promesse faite à tes parents. Quand je donne ma parole, je ne suis pas du genre à la reprendre…

Je serre Doudours encore plus fort contre moi. Je croise l'image de Claire Marzann, avec deux n, dans un miroir accroché sur la porte de ma chambre. Claire et ses cheveux courts, sa gueule d'ange qui ressemble trait pour trait à son jumeau. Secrètement, je demande à Jez de me donner toutes les forces de la mer, comme on l'imaginait en jouant sur la plage, pour contrer celles du soleil. Le soleil se noie dans la mer, jamais l'inverse.

Marceau lance une nouvelle vidéo. Les vautours s'envolent, plongent dans le vide. Il stoppe le film au moment où Bulle et Peyo apparaissent en arrière-plan. Il se tourne vers moi.

– Je t'écoute, et ne t'inquiète pas, tu n'es pas enregistrée.

Je fais trois pas, m'affale sur le canapé, Doudours dans les bras.

Film en accéléré.

Sortie ours accompagnée de Peyo, notre guide, à Bulle et moi. Nous trois, oui. Pas un de plus. Des isards, un ours, un cerf, deux biches. Grandiose. Je n'en reviens toujours pas. Et le selfie. Le piège photo de Bertin. Nuit dans la cabane. Sans feu. Froid. Réveil à l'aube. Peyo insiste pour nous montrer une « surprise ». On s'installe sur un rocher, et là…

L'ourson traverse la clairière, s'approche du piège, oui, c'est ça, la « surprise », oui, forcément, Peyo connaissait l'emplacement. Comme tout le monde, ici. L'ourson entre, la trappe se referme. Quatre individus surgissent de nulle part, cagoulés. Impossible de voir leurs visages. Je te le promets. L'ourse traverse la clairière, à fond, pour défendre son petit. Elle frappe un individu au niveau de l'épaule, mais elle meurt. Sur le coup. De fusil. L'ourson est endormi, l'ourse est…

– je n'arrive pas à le dire, mais Marceau comprend.

Le commando est pressé, il porte l'ourson endormi sur un brancard, celui qui devait servir à transporter l'ours à problème. Celui qui aurait dû être capturé, endormi. Exfiltré. Tué plus tard ? J'ai eu l'idée d'utiliser le drone, d'appeler aussi les gendarmes, c'est vrai, mais il n'y avait pas de réseau, et j'ai pensé que je ne pouvais pas témoigner… Claire ? Klervi ? Je ne voulais pas mettre mon protecteur dans l'embarras. Et puis Peyo nous a dit que s'il parlait, il se ferait tuer par son père. J'ai vraiment eu peur pour lui. Avant de faire voler le drone, on s'est approchés de l'ourse. Affreux. Puis, on a cherché des indices du commando, au cas où. C'est là qu'on a trouvé une carte mémoire, par terre, oui. Vidéo. On l'a visionnée plus tard, on a vu l'ourson traverser la clairière, il s'est mis debout, c'est cet extrait que Bulle a utilisé dans la vidéo postée sur YouTube.

Après avoir récupéré la carte, j'ai envoyé le drone. Coups de feu. Panique. Depuis, on a peur que le commando retrouve Peyo, qu'il cherche à nous faire taire ou à nous mettre le crime sur le dos.

Je suis épuisée. Je tremble de tout mon corps.

Marceau a tout mémorisé, je le vois dans ses yeux. J'ai oublié de mentionner la chute de Peyo, ça me revient tout à coup, mais est-ce bien utile à ce stade de mes révélations ?

– Des indices, dis-tu, mais pour quoi faire ?

Je m'attendais à tout, notamment à une remontée de bretelles, mais pas à ça !

– Retrouver le commando, et l'ourson. Ça n'a pas été difficile de convaincre Bulle et Peyo…

Marceau opine tout en suivant le vol d'une mouche que l'on entend maintenant voler. Elle s'accroche au plafond. Comme Marceau ferme à présent les yeux, je me demande si je n'ai pas fait une boulette en lui révélant notre secret…

– Et vous avez trouvé quoi ?

– Tu me promets de garder ça pour toi ? Je ne voudrais pas que…

– Bulle et Peyo n'en sauront rien. Pour l'instant, et si j'ai bien compris, je suis le seul à détenir la preuve que vous étiez là-haut, et ton témoignage, de toi à moi, vaut tout l'or du monde… Pas vrai ?

Je remets de l'ordre dans mes idées, mon cerveau étant en surchauffe. Je lui décris, heure après heure, de lundi à hier soir, mercredi, ce que j'ai trouvé…

La femme blonde aux yeux noirs, léger accent espagnol, un, qui a acheté les cagoules, deux, que j'ai sans aucun doute surprise dans le gîte d'Oscar. Une blonde que je n'ai pas encore identifiée, mais qui porte des talons, style chic et choc.

L'arsenal du braconnier où sont cachées armes et munitions, dont la carabine hypodermique et les produits anesthésiants. Sans oublier de mentionner le fait que la blonde a récupéré une seringue, l'idée me vient d'un coup, sûrement pour endormir Merak et le transporter jusqu'au bois de Vincennes !

Enfin, le bûcheron espagnol, peut-être planqué dans une caravane, blessé à l'épaule par l'ourse.

Un homme et une femme parlant l'espagnol, deux membres du commando du dimanche noir qui, j'ajoute, pourrait en compter un cinquième, le guetteur. Et d'autres, postés le long de la piste forestière ?

La mouche ne cesse de buter contre la vitre. Marceau se lève et ouvre la fenêtre. Puis, les mains dans les poches, il regarde pensivement les nuages qui enveloppent les sommets des Pyrénées.

– J'aurais dû te dire tout ça plus tôt, j'avoue. C'est ce que tu penses ?

Il se tourne, pose ses mains sur la table.

– Cela n'aurait pas changé grand-chose… Je crains que l'enquête sur la mort des deux ours, Mohican et Alioth, ne soit qu'un feu de paille.

– Mais pourquoi ?

– Pour aller à l'essentiel, c'est une question de paix sociale dans la vallée, et dans toutes les Pyrénées. Ici, tu sais, la peau d'un ours ne vaut pas grand-chose : il n'y a pas si longtemps, les chasseurs percevaient une prime s'ils tuaient un *moussu*…

– Mais il y a Merak ! Lui, il n'est pas mort et on peut le sauver !

– Tu crois vraiment que les Demoiselles l'ont relâché ?

Je reste muette, m'étant accrochée à l'idée de le retrouver sain et sauf, et de serrer Lucas dans mes bras jusqu'à me vider de toutes mes larmes.

– Pour l'instant, précise Marceau, nous n'avons pas la moindre photo ni la moindre vidéo, nous n'avons aucune preuve que les Demoiselles ont détenu l'ourson et l'ont relâché. Restons très prudents : ils sont assez malins pour foutre le bordel…

Je ne sais quoi lui répondre, la colère m'étrangle. Mais pourquoi les choses sont-elles si tordues ?

– Marceau, c'est quoi le problème ?

– J'ai une piste, très sérieuse, avoue-t-il enfin. Mais elle mène vers un individu très connu dans la vallée, un intouchable, si tu préfères. Mieux protégé qu'une forteresse…

– Le Baron ? Marceau, le monde entier nous regarde, la vidéo de Bulle a fait plus de six millions de vues, et ce n'est que le début : tu t'imagines, un ours libéré aux portes de Paris ! Tu ne peux pas rester les bras croisés ?

Marceau se mord les lèvres.

– Tu as raison, Klervi. Tous les deux, on a une carte à jouer, une seule. Mais ce n'est pas le Baron, non…

– Qui alors ?

REMERCIEMENTS

Je tiens à remercier en premier lieu Benjamin Begou et Tanguy Dusfresne, passionnés de montagne et du *dehors*, qui m'ont offert le plus beau des cadeaux : croiser le chemin des ours dans les Pyrénées. Une rencontre fantastique, des moments inoubliables !

Merci aux équipes des éditions Milan et Larousse, aux nombreux lecteurs de la première saison et surtout aux enseignants d'écoles primaires, collèges, lycées et de formations post-bac qui ont permis à leurs élèves de lire les tomes 1 et 2, et de les étudier sous toutes les coutures. Quelle fierté ! J'en profite pour saluer le formidable travail d'Axelle Quillien et d'Annette Vernazobres, deux professeurs de français qui ont permis à leurs élèves d'écrire des « petits »

« Polar Vert », « grands » par leur talent. Je n'aurais jamais imaginé un tel enthousiasme relayé dans des dizaines d'établissements, ni même participer à un jeu d'évasion au Muséum d'histoire naturelle de Grenoble pour libérer de petites anguilles !

Une pensée à mon éditrice, Charlotte Mériaux, et à mon attachée de presse, Lorna Bennour, qui ont choisi de quitter Milan. Merci à Nathalie et Hélène d'avoir repris le flambeau, à Sébastien Thibault pour la superbe couverture, à Laurent pour la correction, et à tous ceux qui ont œuvré pour que la Saison 2 puisse voir le jour dans les meilleures conditions.

Je suis une nouvelle fois honoré du soutien de l'Office central de lutte contre les atteintes à l'environnement et à la santé publique (OCLAESP), en particulier celui de Denis, toujours prêt à m'aider et à répondre à mes nombreuses interrogations. Un remerciement appuyé à un autre professionnel de la montagne, Bernard Fontan, pyrénéiste et fervent défenseur du monde rural, qui m'a permis de comprendre que l'ours n'est ni un ami, ni un ennemi, mais un animal qui, faut-il le rappeler, est le totem de millions d'enfants de par le monde.

Je ne peux oublier les anecdotes et la bienveillance d'Étienne Dubarry, ancien technicien de l'environnement et redoutable pisteur d'ours, d'Alain Reynes, directeur de l'association « Pays de l'ours – Adet », et de Raphaële Garreta, ethnobotaniste au Conservatoire botanique de Midi-Pyrénées, qui m'a emmené sur les territoires de gentiane et d'arnica, deux plantes très convoitées.

Ma reconnaissance va également à mes amis du Muséum d'histoire naturelle de Toulouse, Boris Presseq, Henri Cap et Yanaël Delpech, à Jean-François Chertier, conteur occitan et passionné d'histoire, à mes amis du Cun & du Run, de la pelote basque et du village, à tous les organisateurs des festivals et salons du livre qui m'ont invité depuis la sortie du tome 1 de *Polar vert*, à Marco pour les petits cafés du matin, et enfin à mes chers enfants, petits-enfants, sans oublier mon *alter scribit,* à qui je souhaite un succès pour son nouveau défi professionnel. Merci pour votre soutien indéfectible !